हिन्द पॉकेट बुक्स

भगवान तिरुपति

तेजपाल सिंह धामा हिन्दी साहित्यकार एवं सामाजिक कार्यकर्ता हैं। *हमारी विरासत* (शोध-ग्रंथ) इनकी प्रसिद्ध रचना है। इन्होंने हैदराबाद से प्रकाशित *दैनिक स्वतंत्र वार्ता* एवं दिल्ली से प्रकाशित *दैनिक विराट वैभव* एवं *दैनिक वीर अर्जुन* के संपादक विभागों में दशकों तक कार्य किया। उत्तर प्रदेश के बागपत जिले के खेकड़ा शहर में जन्मे तेजपाल सिंह धामा मुख्यतः इतिहास पर लिखने वाले साहित्यकार हैं, जिनकी इतिहास से सम्बन्धित अनेक पुस्तकें छप चुकी हैं। इन्हें अनेक साहित्यिक एवं सामाजिक पुरस्कार प्राप्त हो चुके हैं। शहीदों पर लिखने के कारण इन्हें 2017 में संस्कृति मंत्रालय भारत सरकार ने 'संस्कृति मनीषी' पुरस्कार से सम्मानित किया है। इनके प्रख्यात उपन्यास *अग्नि की लपटें* पर ही भंसाली प्रोडक्शन की बहुचर्चित फिल्म *पद्मावत* का निर्माण हुआ है। इन्होंने कई फिल्मों की पटकथाएँ भी लिखी हैं।

लेखक की अन्य पुस्तकें

- हमारे राष्ट्रीय खेल
- हमारा राष्ट्रीय पुष्प कमल
- हमारा राष्ट्रीय पक्षी मोर
- हमारा राष्ट्रीय गीत
- हमारी राष्ट्रीय संस्कृति वैदिक
- हमारा राष्ट्रीय फल आम
- हमारा राष्ट्रीय चिह्न अशोक चक्र
- हमारा राष्ट्रीय वृक्ष बरगद
- हमारी राष्ट्रीय जलचर डॉल्फिन
- हमारी राष्ट्रीय नदी गंगा
- हमारा राष्ट्रीय ग्रंथ गीता
- हमारे राष्ट्रीय पर्व और दिवस
- हमारे राष्ट्रीय स्मारक
- हमारा राष्ट्रीय ध्वज तिरंगा
- हमारे राष्ट्रीय विरासत स्थल
- हमारी राजभाषा हिन्दी
- हमारे नेशनल पार्क
- लोकप्रिय बाल गीत
- हमारे देशभक्ति गीत
- हमारे राष्ट्रीय गीत
- शहीदों के अमर गीत
- महाभारत की कहानियाँ
- पुराणों की कहानियाँ
- रामायण की कहानियाँ
- बेताल पचीसी, दो भागों में
- महापुरुषों का बचपन
- महाराणा प्रताप
- बहादुर बेटी मलाला

भगवान तिरुपति

बालाजी के पावन धाम का सचित्र
दर्शन जानकारियों सहित

तेजपाल सिंह धामा

हिन्द पॉकेट बुक्स
पेंगुइन रैंडम हाउस इम्प्रिंट

हिन्द पॉकेट बुक्स

यूएसए। कनाडा। यूके। आयरलैंड। ऑस्ट्रेलिया। सिंगापुर
न्यू ज़ीलैंड। भारत। दक्षिण अफ्रीका। चीन

हिन्द पॉकेट बुक्स, पेंगुइन रैंडम हाउस ग्रुप ऑफ़ कम्पनीज़ का हिस्सा है,
जिसका पता global.penguinrandomhouse.com पर मिलेगा

पेंगुइन रैंडम हाउस इंडिया प्रा. लि.,
चौथी मंजिल, कैपिटल टावर -1, एम जी रोड,
गुड़गांव 122 002, हरियाणा, भारत

पेंगुइन
रैंडम हाउस
इंडिया

प्रथम हिन्दी संस्करण हिन्द पॉकेट बुक्स द्वारा 2012 में प्रकाशित
यह हिन्दी संस्करण हिन्द पॉकेट बुक्स में पेंगुइन रैंडम हाउस द्वारा 2022 में प्रकाशित

10 9 8 7 6 5 4 3 2

इस पुस्तक में व्यक्त विचार लेखक के अपने हैं, जिनका यथासंभव तथ्यात्मक सत्यापन किया गया है, और इस संबंध में प्रकाशक एवं सहयोगी प्रकाशक किसी भी रूप में उत्तरदायी नहीं हैं।

ISBN 9789353492953

मुद्रकः रेप्रो इंडिया लिमिटेड

www.penguin.co.in

MIX
Paper from responsible sources
FSC® C047271
FSC www.fsc.org

अनुक्रम

अपनी बात

❋

प्रभु वेंकटेश्वर अर्थात् भगवान् बालाजी के प्रति लोगों में आस्था दिन प्रतिदिन बढ़ती जा रही है। मैंने भी स्वयं दक्षिण भारत जाकर प्रभु वेंकटेश्वर के दर्शन किए और आत्मिक शांति पाई। मैं दक्षिण भारत में 12 वर्षों से अधिक समय तक रहा और इस दौरान मैंने वहाँ पर न केवल प्रभु वेंकटेश्वर के ही दर्शन किए और उन्हें अपने हृदय में अनुभव किया, वरन् उनके असंख्य भक्तों से रू-ब-रू होकर उनके अद्भुत संस्मरण भी सुनने का सौभाग्य मुझे मिला है।

प्रभु वेंकटेश्वर को भगवान् विष्णु का अवतार माना जाता है। ऐसा माना जाता है कि श्रीहरि विष्णु ने कुछ समय के लिए स्वामी पुष्करिणी नामक तालाब के किनारे निवास किया था। यह तालाब तिरुमला के पास स्थित है। तिरुमला-तिरुपति के चारों ओर स्थित पहाड़ियाँ, शेषनाग के सात फनों के आधार पर बनीं 'सप्तगिरि' कहलाती हैं। श्री वेंकटेश्वरैया का यह मंदिर सप्तगिरि की सातवीं पहाड़ी पर स्थित है, जो वेंकटाद्रि नाम से प्रसिद्ध है। वहीं एक दूसरी अनुश्रुति के अनुसार, 11वीं शताब्दी में संत रामानुज ने तिरुपति की इस सातवीं पहाड़ी पर चढ़ाई की थी। प्रभु श्रीनिवास (वेंकटेश्वर का दूसरा नाम) उनके समक्ष प्रकट हुए और उन्हें आशीर्वाद दिया। ऐसा माना जाता है कि प्रभु का आशीर्वाद प्राप्त करने के पश्चात् वे 120 वर्ष की आयु तक जीवित रहे और जगह-जगह घूमकर उन्होंने वेंकटेश्वर भगवान् की ख्याति फैलाई। वैकुंठ एकादशी के अवसर पर लोग यहाँ पर प्रभु के दर्शन के लिए आते हैं, जहाँ पर आने के पश्चात् उनके सभी पाप धुल जाते हैं। मान्यता है कि यहाँ आने के पश्चात् व्यक्ति को जन्म-मृत्यु के बंधन से मुक्ति मिल जाती है। प्रभु

वेंकटेश्वर पर तेलुगू और संस्कृत में समय-समय पर अनेक प्रमुख ग्रंथों का प्रकाशन हुआ है। यहाँ तक कि स्कंद पुराण में भी प्रभु बालाजी के बारे में विस्तृत विवरण मिलता है, लेकिन हिन्दी में प्रभु वेंकटेश्वर की कथा और साधना से संबंधित ग्रंथ का नितांत अभाव है। लेखक की हिन्दू धर्म और संस्कृति में गहरी आस्था है। इसी आस्था और भक्तिभाव के कारण लेखक ने प्रभु वेंकटेश्वर पर यह पुस्तक लिखने का प्रयास किया है। लेखक ने इस पुस्तक को न केवल धार्मिक दृष्टि से वरन् ऐतिहासिक और पर्यटन की दृष्टि से भी बहु उपयोगी बनाने का प्रयास किया है। भगवान् बालाजी के दर्शनों के लिए लोगों का जन-सैलाब प्रतिदिन यहाँ हजारों की संख्या में देखा ही जा सकता है, इसी के साथ विदेशी पर्यटकों की संख्या दिन-प्रतिदिन तिरुपति में बढ़ती जा रही है। इसलिए यह पुस्तक भगवान् बालाजी के संपूर्ण दर्शन के साथ-साथ ए टू जैड टूरिस्ट गाइड जैसी विशेषताओं से भी परिपूर्ण की गई है। यह पुस्तक प्रभु वेंकटेश्वर के भक्तों, श्रद्धालुओं और दर्शकों एवं पर्यटकों की आशाओं के अनुरूप उतरी तो लेखक अपने परिश्रम को सफल समझेगा। इसी आशा और विश्वास के साथ।

तेजपाल सिंह धामा

प्रथम खण्ड

तिरुपति बालाजी की कथा

विना वेङ्कटेशं न नाथो न नाथः
सदा वेङ्कटेशं स्मरामि स्मरामि।
हरे वेङ्कटेशं प्रसीद प्रसीद
प्रियम वेङ्कटेशं प्रयच्छः प्रयच्छः।।

तिरुपति बालाजी की कथा

❋

प्रभु वेंकटेश्वर अर्थात् भगवान् बालाजी न केवल एक अवतार हैं, वरन् वे श्रद्धा, भक्ति और आस्था के केंद्र भी हैं। हिन्दू समुदाय ही नहीं आजकल अन्य संप्रदाय और मजहब के लोग भी प्रभु वेंकटेश्वर की महिमा के आगे नतमस्तक हैं। भगवान् बालाजी की गाथा से पौराणिक साहित्य भरा पड़ा है। पुराणों में वर्णित है कि

वैकुंठेन सहागतं परमिदं श्रीवेंकटाद्रिस्थलं।
पूर्व ज्ञान वराह मूर्तिहरिणा भूम्या सहाधिष्ठितम्।
लक्ष्याऽऽलिंगतश्रपमद्य सगुणं कल्याणमास्तेदधाचू।
छुद्धं ब्रह्मतदेव विश्वजननस्थेमव्ययानां प्रभुम्।

वेंकटाचल में हरि अर्थात् विष्णु पहले पृथ्वी के वराह रूप में रहे, अब उसी स्थान पर वेंकटेश लक्ष्मीजी के साथ रहते हैं। वे स्रष्टा, रक्षक और पालनकर्ता हैं। सप्तगिरि की पहाड़ियाँ इसलिए वेंकटाचल और शेषाचल के नाम से प्रसिद्ध हैं।

महाभारत के अनुसार, एक दिन इंद्रप्रस्थ के राजा से श्री शुकदेव जी बोले, "हे राजन्! राजा बलि के राज्य में दैत्य, असुर तथा दानव अति प्रबल हो उठे थे। उन्हें शुक्राचार्य की शक्ति प्राप्त थी। इसी बीच दुर्वासा ऋषि के शाप से देवराज इन्द्र शक्तिहीन हो गए थे। दैत्यराज बलि का राज्य तीनों लोकों पर था।

इन्द्र सहित देवतागण उससे भयभीत रहते थे। इस स्थिति के निवारण का उपाय केवल बैकुण्ठनाथ विष्णु ही बता सकते थे, अतः ब्रह्मा जी के साथ समस्त देवता भगवान् नारायण के पास पहुँचे। उनकी स्तुति करके

उन्होंने भगवान् विष्णु को अपनी विपदा सुनाई। तब भगवान् मधुर वाणी में बोले कि इस समय तुम लोगों के लिए संकट काल है। दैत्यों, असुरों एवं दानवों का अभ्युत्थान हो रहा है और तुम लोगों की अवनति हो रही है, किन्तु संकट काल को मैत्रीपूर्ण भाव से व्यतीत कर देना चाहिए। तुम दैत्यों से मित्रता कर लो और क्षीर सागर को मथ कर उसमें से अमृत निकाल कर पान कर लो। दैत्यों की सहायता से यह कार्य सुगमता से हो जाएगा। इस कार्य के लिए उनकी हर शर्त मान लो और अन्त में अपना काम निकाल लो। अमृत पीकर तुम अमर हो जाओगे और तुममें दैत्यों को मारने का सामर्थ्य आ जाएगा।

"यह समुद्र-मन्थन किस उपाय से सम्भव होगा?" प्रश्न उठा था। इसी समय मेघ के समान गम्भीर स्वर में आकाशवाणी हुई : 'देवताओ और दैत्यो! तुम क्षीर समुद्र का मन्थन करो। इस कार्य में तुम्हारे बल की वृद्धि होगी, इसमें तनिक भी संदेह नहीं है। मन्दराचल को मथानी और वासुकि नाग को रस्सी बनाओ, फिर देवता और दैत्य मिलकर मन्थन आरम्भ करो।'

यह आकाशवाणी सुनकर सहस्रों दैत्य और देवता समुद्र-मन्थन के लिए उद्यत हो सुवर्ण के सदृश कान्तिमान् मन्दराचल के समीप गए। वह पर्वत सीधा, गोलाकार, बहुत मोटा और अत्यन्त प्रकाशमान था। अनेक प्रकार के रत्न उसकी शोभा बढ़ा रहे थे। चन्दन, पारिजात, नागकेशर, जायफल और चम्पा आदि भाँति-भाँति के वृक्षों से वह हरा-भरा दिखाई देता था। उस महान पर्वत को देखकर सम्पूर्ण देवताओं ने हाथ जोड़कर कहा, "दूसरों का उपकार करनेवाले महाशैल मन्दराचल! हम सब देवता तुमसे कुछ निवेदन करने के लिए यहाँ आए हैं, उसे तुम सुनो।"

उनके यों कहने पर मन्दराचल ने देहधारी पुरुष के रूप में प्रकट होकर कहा, "देवगण! आप सब लोग मेरे पास किस कार्य से आए हैं, उसे बताइए।"

तब इन्द्र ने मधुर वाणी में कहा, "मन्दराचल! तुम हमारे साथ रहकर

एक कार्य में सहायक बनो, हम समुद्र को मथकर उससे अमृत निकालना चाहते हैं, इस कार्य के लिए तुम मथानी बन जाओ।''

मन्दराचल ने 'बहुत अच्छा' कहकर उनकी आज्ञा स्वीकार की और देवकार्य की सिद्धि के लिए देवताओं, दैत्यों तथा विशेषतः इन्द्र से कहा, ''पुण्यात्मा देवराज! आपने अपने वज्र से मेरे दोनों पँख काट डाले हैं, फिर आप लोगों के कार्य की सिद्धि के लिए वहाँ तक मैं चल कैसे सकता हूँ?'' तब सम्पूर्ण देवताओं और दैत्यों ने उस अनुपम पर्वत को क्षीर समुद्र तक ले जाने की इच्छा से उखाड़ लिया, परंतु वे उसे धारण करने में समर्थ न हो सके। वह महान पर्वत उसी समय देवताओं और दैत्यों के ऊपर गिर पड़ा। कई कुचले गए, कई मर गए, कई मूर्च्छित हो गए, कई एक-दूसरे को कोसने और चिल्लाने लगे तथा कुछ लोगों ने बड़े क्लेश का अनुभव किया। इस प्रकार उनका उद्यम और उत्साह भंग हो गया। वे देवता और दानव सचेत होने पर जगदीश्वर भगवान् विष्णु की स्तुति करने लगे, ''शरणागतवत्सल महाविष्णो! हमारी रक्षा कीजिए, रक्षा कीजिए। आपने ही इस सम्पूर्ण चराचर जगत् को व्याप्त कर रखा है।''

उस समय देवताओं का कार्य सिद्ध करने के लिए गरुड़ की पीठ पर बैठे हुए भगवान् विष्णु सहसा वहाँ प्रकट हो गए। वे सबको अभय देने वाले हैं। उन्होंने देवताओं और दैत्यों की ओर दृष्टिपात करके खेल-खेल में ही उस महान पर्वत को उठाकर गरुड़ की पीठ पर रख लिया। फिर वे देवताओं और दैत्यों को क्षीर-समुद्र के उत्तर-तट पर ले गए और पर्वतश्रेष्ठ मन्दराचल को समुद्र में डालकर तुरंत वहाँ से चल दिए। तदनन्तर सब देवता दैत्यों को साथ लेकर वासुकि नाग के समीप गए और उनसे भी अपनी प्रार्थना स्वीकार कराई।

भगवान् के आदेशानुसार इन्द्र ने समुद्र मंथन से अमृत निकलने की बात बलि को बताई। दैत्यराज बलि ने देवराज इन्द्र से समझौता कर लिया और समुद्र मंथन के लिए तैयार हो गए। मन्दराचल पर्वत को मथनी तथा वासुकि नाग को नेती बनाया गया।

भगवान् नारायण ने दानव रूप से दानवों में और देवता रूप से देवताओं में शक्ति का संचार किया। वासुकि नाग को भी गहन निद्रा दे कर उसके कष्ट को हर लिया। देवता वासुकि नाग को मुख की ओर से पकड़ने लगे। इस पर उल्टी बुद्धि वाले दैत्य, असुर, दानवादि ने सोचा कि वासुकि नाग को मुख की ओर से पकड़ने में अवश्य कुछ न कुछ लाभ होगा। उन्होंने देवताओं से कहा कि हम किसी से शक्ति में कम नहीं हैं, हम मुँह की ओर का स्थान लेंगे। तब देवताओं ने वासुकि नाग के पूँछ की ओर का स्थान ले लिया।

इस प्रकार मन्दराचल को मथानी और वासुकि-नाग को रस्सी बनाकर देवताओं और दैत्यों ने क्षीर-समुद्र का मन्थन आरम्भ किया। इतने में ही वह पर्वत समुद्र में डूबकर रसातल को जा पहुँचा। तब लक्ष्मीपति भगवान् विष्णु ने कच्छपरूप धारण करके तत्काल ही मन्दराचल को ऊपर उठा दिया। उस समय यह एक अद्भुत घटना हुई। फिर जब देवता और दैत्यों ने मथानी को घुमाना आरम्भ किया, तब वह पर्वत बिना गुरु के ज्ञान की भाँति कोई सुदृढ़ आधार न होने के कारण इधर-उधर डोलने लगा। यह देख परमात्मा भगवान् विष्णु स्वयं ही मन्दराचल के आधार बन गए और उन्होंने अपनी चारों भुजाओं से मथानी बने हुए उस पर्वत को भली-भाँति पकड़कर उसे सुखपूर्वक घुमाने योग्य बना दिया। तब बलवान् देवता और दैत्य एकीभूत हो अधिक जोर लगाकर क्षीर-समुद्र का मन्थन करने लगे।

समुद्र मंथन आरम्भ हुआ और भगवान् कच्छप के एक लाख योजन चौड़ी पीठ पर मन्दराचल पर्वत घूमने लगा।

पौराणिक काल में यह एक ऐतिहासिक दृश्य था, लेकिन कई लोग इस पर भी शंका करते हैं। परंतु धार्मिक आस्थाओं में शंका करने की गुंजाइश नहीं रहती। कच्छप रूपधारी भगवान् की पीठ जन्म से ही कठोर थी और उस पर घूमने वाला पर्वतश्रेष्ठ मन्दराचल भी वज्रसार की भाँति दृढ़ था। उन दोनों की रगड़ से समुद्र में बड़वानल प्रकट हो गया। साथ

ही हलाहल विष उत्पन्न हुआ। उस विष को सबसे पहले नारद जी ने देखा। तब अमित तेजस्वी देवर्षि ने देवताओं को पुकार कर कहा, "अदिति कुमारो! अब तुम समुद्र का मन्थन न करो। इस समय सम्पूर्ण उपद्रवों का नाश करने वाले भगवान् शिव की प्रार्थना करो। वे परात्पर हैं, परमानन्दस्वरूप हैं तथा योगी पुरुष भी उन्हीं का ध्यान करते हैं।"

देवता अपने स्वार्थसाधन में संलग्न हो समुद्र मंथन रहे थे। वे अपनी ही अभिलाषा में तन्मय होने के कारण नारद जी की बात नहीं सुन सके। केवल उद्यम का भरोसा करके वे क्षीर-सागर के मन्थन में संलग्न थे।

अधिक मन्थन से जो हलाहल विष प्रकट हुआ, वह तीनों लोकों को भस्म कर देनेवाला था। वह प्रौढ़ विष देवताओं का प्राण लेने के लिए उनके समीप आ पहुँचा और ऊपरनीचे तथा सम्पूर्ण दिशाओं में फैल गया। समस्त प्राणियों को अपना ग्रास बनाने के लिए प्रकट हुए उस कालकूट विष को देखकर वे सब देवता और दैत्य हाथ में पकड़े हुए नागराज वासुकि को मन्दराचल पर्वतसहित वहीं छोड़ भाग खड़े हुए। हे राजन! सबसे पहले मंथन से जो हलाहल विष निकला। विष की ज्वाला से सभी देवता तथा दैत्य जलने लगे और उनकी कान्ति फीकी पड़ने लगी। इस पर सभी ने मिलकर भगवान् शंकर से प्रार्थना की। महादेव जी उस विष को हथेली पर रख कर उसे पी गए, किन्तु उसे कण्ठ से नीचे नहीं उतरने दिया।

कालकूट विष के प्रभाव से शिव जी का कण्ठ नीला पड़ गया। इसीलिए महादेव को नीलकण्ठ कहते हैं। उनकी हथेली से थोड़ा सा विष पृथ्वी पर टपक गया था जिसे साँप, बिच्छू आदि विषैले जन्तुओं ने ग्रहण कर लिया। उस समय उस लोक संहारकारी कालकूट विष को भगवान् शिव ने स्वयं अपना ग्रास बना लिया। उन्होंने उस विष को निर्मल कर दिया। इस प्रकार भगवान् शंकर की बड़ी भारी कृपा होने से देवता, असुर, मनुष्य तथा सम्पूर्ण त्रिलोकी की उस समय कालकूट विष से रक्षा हुई। विष को शंकर भगवान् के द्वारा पान कर लेने के पश्चात् फिर से समुद्र

मंथन प्रारम्भ हुआ। दूसरा रत्न कामधेनु गाय निकली, जिसे महान ऋषियों ने रख लिया।

तदनन्तर भगवान् विष्णु के समीप मन्दराचल को मथानी और वासुकि नाग को रस्सी बनाकर देवताओं ने पुनः समुद्र-मन्थन आरम्भ किया। तब समुद्र से देवकार्य की सिद्धि के लिए अमृतमयी कलाओं से परिपूर्ण चन्द्रदेव प्रकट हुए। सम्पूर्ण देवता, असुर और दानवों ने भगवान् चंद्रमा को प्रणाम किया और गर्गाचार्य जी से अपने-अपने चन्द्रबल की यथार्थ रूप से जिज्ञासा की। उस समय गर्गाचार्य जी ने देवताओं से कहा, "इस समय तुम सब लोगों का बल ठीक है। तुम्हारे सभी उत्तम ग्रह केन्द्र स्थान में (लग्न में, चतुर्थ स्थान में, सप्तम स्थान में और दशम स्थान में) हैं। चन्द्रमा से गुरु का योग हुआ है। बुध, सूर्य, शुक्र, शनि और मंगल भी चन्द्रमा से संयुक्त हुए हैं। इसलिए तुम्हारे कार्य की सिद्धि के निमित्त इस समय चन्द्रबल बहुत उत्तम है। यह गोमन्त नामक मुहूर्त है, जो विजय प्रदान करने वाला है।"

महात्मा गर्गजी के इस प्रकार आश्वासन देने पर महाबली देवता गर्जना करते हुए बड़े वेग से पुनः समुद्र-मन्थन करने लगे।

मथे जाते हुए समुद्र के चारों ओर बड़े जोर की आवाज उठ रही थी। इस बार के मन्थन से देवकार्यों की सिद्धि के लिए साक्षात् सुरभि कामधेनु प्रकट हुईं। उन्हें काले, श्वेत, पीले, हरे तथा लाल रंग की सैकड़ों गौएँ घेरे हुए थीं। उस समय ऋषियों ने बड़े हर्ष में भरकर देवताओं और दैत्यों से कामधेनु के लिए याचना की और कहा, "आप सब लोग मिलकर भिन्न-भिन्न गोत्रवाले ब्राह्मणों को कामधेनु सहित इन सम्पूर्ण गौओं का दान अवश्य करें।"

ऋषियों की याचना करने पर देवताओं और दैत्यों ने भगवान् शंकर की प्रसन्नता के लिए वे सब गौएँ दान कर दीं तथा यज्ञ कर्मों में भली-भाँति मन को लगाने वाले उन परम मंगलमय महात्मा ऋषियों ने उन गौओं का दान स्वीकार किया। तत्पश्चात् सब लोग बड़े जोश में

आकर क्षीरसागर को मथने लगे। तब समुद्र से कल्पवृक्ष, पारिजात, आम का वृक्ष और सन्तान, ये चार दिव्य वृक्ष प्रकट हुए।

उन सबको एकत्र रखकर देवताओं ने पुनः बड़े वेग से समुद्र मन्थन आरम्भ किया। इस बार के मन्थन से रत्नों में सबसे उत्तम रत्न कौस्तुभ प्रकट हुआ, जो सूर्यमण्डल के समान परम कान्तिमान था। वह अपने प्रकाश से तीनों लोकों को प्रकाशित कर रहा था। देवताओं ने चिन्तामणि को आगे रखकर कौस्तुभ का दर्शन किया और उसे भगवान् विष्णु की सेवा में भेंट कर दिया। तदनन्तर, चिन्तामणि को मध्य में रखकर देवताओं और दैत्यों ने पुनः समुद्र को मथना आरम्भ किया। वे सभी बल में बढ़े-चढ़े थे और बार-बार गर्जना कर रहे थे। अब की बार उस मथे जाते हुए समुद्र से उच्चैःश्रवा नामक अश्व प्रकट हुआ। वह समस्त अश्वजाति में एक अद्‌भुत रत्न था।

उसके बाद गज जाति में रत्न भूत ऐरावत प्रकट हुआ। उसके साथ श्वेतवर्ण के चौसठ हाथी और थे। ऐरावत के चार दाँत बाहर निकले हुए थे और मस्तक से मद की धारा बह रही थी। इन सबको भी मध्य में स्थापित करके वे सब पुनः समुद्र मथने लगे। उस समय उस समुद्र से मदिरा, भाँग, काकड़ासिंगी, लहसुन, गाजर, अत्यधिक उन्मादकारक धतूरा तथा पुष्कर आदि बहुत-सी वस्तुएँ प्रकट हुईं। इन सबको भी समुद्र के किनारे एक स्थान पर रख दिया गया। तत्पश्चात् वे श्रेष्ठ देवता और दानव पुनः पहले की ही भाँति समुद्र-मन्थन करने लगे। अब की बार समुद्र से सम्पूर्ण भुवनों की एकमात्र अधीश्वरी दिव्यरूपा देवी महालक्ष्मी प्रकट हुईं, जिन्हें ब्रह्मवेत्ता पुरुष आन्वीक्षिकी (वेदान्त-विद्या) कहते हैं। इन्हीं को दूसरे लोग मूल-विद्या कहकर पुकारते हैं।

कुछ सामर्थ्यशाली महात्मा इन्हीं को वाणी और ब्रह्मविद्या भी कहते हैं। कोई-कोई इन्हीं को ऋद्धि, सिद्धि, आज्ञा और आशा नाम देते हैं। कोई योगी पुरुष इन्हीं को वैष्णवी कहते हैं। सदा उद्यम में लगे रहने वाले माया के अनुयायी इन्हीं को माया के रूप में जानते हैं। जो अनेक प्रकार

के सिद्धान्तों को जानने वाले तथा ज्ञानशक्ति से सम्पन्न हैं, वे इन्हीं को भगवान् की योगमाया कहते हैं। देवताओं ने देखा देवी महालक्ष्मी का रूप परम सुन्दर है। उनके मनोहर मुख पर स्वाभाविक प्रसन्नता विराजमान है। हार और नूपुरों से उनके श्रीअंगों की बड़ी शोभा हो रही है। मस्तक पर छत्र तना हुआ है, दोनों ओर से चँवर डुल रहे हैं, जैसे माता अपने पुत्रों की ओर स्नेह और दुलार भरी दृष्टि से देखती है, उसी प्रकार सती महालक्ष्मी ने देवता, दानव, सिद्ध, चारण और नाग आदि सम्पूर्ण प्राणियों की ओर दृष्टिपात किया। माता महालक्ष्मी की कृपा-दृष्टि पाकर सम्पूर्ण देवता उसी समय श्रीसम्पन्न हो गए। वे तत्काल राज्याधिकारी के शुभ लक्षणों से सम्पन्न दिखाई देने लगे।

तदनन्तर देवी लक्ष्मी ने भगवान् मुकुन्द की ओर देखा। उनके श्रीअंग तमाल के समान श्यामवर्ण थे। कपोल और नासिका बड़ी सुन्दर थी। वे परम मनोहर दिव्य शरीर से प्रकाशित हो रहे थे। उनके वक्षःस्थल में श्रीवत्स का चिह्न सुशोभित था। भगवान् के एक हाथ में कौमोद की गदा शोभा पा रही थी। भगवान् नारायण की उस दिव्य शोभा को देखते ही लक्ष्मी जी आश्चर्यचकित हो उठीं और हाथ में वनमाला ले सहसा हाथी से उतर पड़ीं। वह माला श्रीजी ने अपने ही हाथों से बनाई थीं, उसके ऊपर भ्रमर मंडरा रहे थे। देवी ने वह सुन्दर वनमाला परमपुरुष भगवान् विष्णु के कण्ठ में पहना दी और स्वयं उनके वाम भाग में जाकर खड़ी हो गईं। उस शोभाशाली दम्पति का वहाँ दर्शन करके सम्पूर्ण देवता, दैत्य, सिद्ध, अप्सराएँ, किन्नर तथा चारणगण परम आनन्द को प्राप्त हुए।

लक्ष्मी के भव्य रूप और आकर्षण के फलस्वरूप सारे देवता, दैत्य और मनुष्य उनसे विवाह करने हेतु लालायित थे, किन्तु देवी लक्ष्मी को उन सबमें कोई न कोई कमी लगी। अतः उन्होंने समीप निरपेक्ष भाव से खड़े हुए विष्णुजी के गले में वरमाला पहना दी थी। विष्णु जी ने लक्ष्मी जी को अपने वक्ष पर स्थान दिया।

यह रहस्यपूर्ण है कि विष्णुजी ने लक्ष्मीजी को अपने हृदय में स्थान

क्यों नहीं दिया? महादेव शिवजी की जिस प्रकार पत्नी पार्वतीजी हैं, किन्तु उन्होंने अपने हृदयरूपी मानसरोवर में राजहंस राम को बसा रखा था, उसी समानांतर आधार पर विष्णु के हृदय में संसार के पालन हेतु उत्तरदायित्व छिपा था। उस उत्तरदायित्व में कोई व्यवधान उत्पन्न नहीं हो, इसलिए संभवतया लक्ष्मीजी का निवास वक्षस्थल बना।

एक बार धरती पर विश्व कल्याण हेतु यज्ञ का आयोजन किया गया। तब समस्या उठी कि यज्ञ का फल ब्रह्मा, विष्णु, महेश में से किसे अर्पित किया जाए। इनमें से सर्वाधिक उपयुक्त का चयन करने हेतु ऋषि भृगु को नियुक्त किया गया। भृगु ऋषि पहले ब्रह्माजी और तत्पश्चात् महेश के पास पहुँचे, किन्तु उन्हें यज्ञ फल हेतु अनुपयुक्त पाया। अंत में वे विष्णुलोक पहुँचे। विष्णुजी शेष शय्या पर लेटे हुए थे और उनकी दृष्टि भृगु पर नहीं जा पाई। भृगु ऋषि ने आवेश में आकर विष्णु जी के वक्ष पर ठोकर मार दी। अपेक्षा के विपरीत विष्णु जी ने अत्यंत विनम्र होकर उनका पाँव पकड़ लिया और नम्र वचन बोले, "हे ऋषिवर! आपके कोमल पाँव में चोट तो नहीं आई?"

विष्णुजी के व्यवहार से प्रसन्न भृगु ऋषि ने यज्ञफल का सर्वाधिक उपयुक्त पात्र विष्णुजी को घोषित किया। उस घटना की साक्षी विष्णुजी की भार्या लक्ष्मीजी अत्यंत क्रुद्ध हो गई कि विष्णुजी का वक्ष स्थान तो उनका निवास स्थान है और वहाँ धरतीवासी भृगु को ठोकर लगाने का किसने अधिकार दिया? उन्हें विष्णुजी पर भी क्रोध आया कि उन्होंने भृगु को दंडित करने की अपेक्षा उनसे उल्टी क्षमा क्यों माँगी? परिणामस्वरूप लक्ष्मीजी विष्णुजी को तत्काल त्याग कर चली गई। विष्णुजी ने उन्हें बहुत ढूँढा, किन्तु वे नहीं मिलीं।

अंततः विष्णुजी ने लक्ष्मी को ढूँढते हुए धरती पर श्रीनिवास के नाम से जन्म लिया और संयोग से लक्ष्मी ने भी पद्मावती के रूप में जन्म लिया। दोनों का विवाह हुआ। लेकिन विवाह संस्कार भी आसानी से संपन्न नहीं हुआ था। तिरुपति बालाजी का पावन मंदिर आज विश्व का

सबसे धनवान मंदिर माना जाता है। धन-संपदा के मामले में इसने वेटिकन सिटी और मक्का-मदीना को भी पछाड़ दिया है। लेकिन यह एक पौराणिक एवं ऐतिहासिक सच्चाई है कि भगवान् बालाजी का रोम-रोम ऋण में डूबा हुआ है! क्या आप जानते हैं कि अपने विवाह संस्कार के लिए भी उनके पास पैसे नहीं थे। देवताओं के कहने पर कुबेर ने उनके लिए धन का प्रबंध किया और बालाजी श्रीनिवास वेंकटेश्वर ने उन्हें वचन दिया था कि वह अपने भक्तों से प्राप्त दान से ही उनका ऋण उतारेंगे। कहा जाता है, बालाजी को विवाह संस्कार के लिए कुबेर ने उस युग में अर्थात् चोल शासन काल के समय 75 करोड़ रुपए की भारी-भरकम राशि दी थी!

परंतु यह राशि दान-दक्षिणा में नहीं दी थी और न ही कोई उपकार किया गया था। इसे तो ऋण समझकर श्रीनिवास ने उनसे कहा था, "हे कुबेर, कलियुग का अंत होते ही मैं आपका पूरा मूलधन वापस कर दूँगा, लेकिन तब तक आपको ब्याज यानी सूद देते रहूँगा।"

बालाजी भक्तों से प्राप्त धन को अभी तक कुबेर को सूद के रूप में ही चुका रहे हैं। ब्रह्मा और शिव श्रीनिवास और कुबेर के बीच हुए इस लेने-देन के साक्षी बने। लेकिन सच पूछिए तो भगवान् और भक्त के इस लेन-देन संबंध में समाज को समृद्ध बनाने का दर्शन छिपा है!

सोलह संस्कारों में सबसे उत्तम होता है विवाह संस्कार और इसी उत्तम विवाह संस्कार को संपन्न कराने के लिए स्वर्ग के देवता भी तरसते रहते हैं। यही कारण है कि भगवान् बालाजी भी इस पावन संस्कार में बँधे थे। तो चलिए अब बालाजी के विवाह की रोचक कथा से इसकी शुरुआत क्यों न की जाए! पौराणिक ग्रंथों में यह कथा बड़े ही सुंदर ढंग से कही गई है।

चोलराज आकाशराजा को कोई संतान नहीं थी। उन्होंने श्रीशुक मुनि की आज्ञा से संतान प्राप्ति के लिए यज्ञ किया। यज्ञ के अंत में यज्ञशाला में राजा द्वारा हल जोतने की परंपरा थी। हल जोतते समय हल की फाली

किसी कठोर वस्तु से टकराई। राजा ने जमीन खोदकर जब उसे निकाला तो वह एक छोटी पेटी यानी बक्सा था। पेटी को खोलने पर सहस्रदलवाले कमल में एक शिशु कन्या बिलखती हुई मिली। चोल राजा अति प्रसन्न हुए। चूँकि शिशु कन्या कमल के फूल में मिली थी, इसलिए राजा ने उसका नाम पद्मावती रखा।

समय का पहिया हमेशा अपनी ही गति और अपनी ही धुन से चलता रहता है। वह किसी के रुके कभी नहीं रुकता। उस काल में भी समय व्यतीत होता ही रहा, उसे तो चलते रहना ही था वह भला किसकी प्रतीक्षा करता और यही कारण है कि समय के साथ-साथ पद्वावती कमल के फूल के समान खिलती हुई यौवन की दहलीज पर पहुँच गई। कन्या कब बड़ी हो जाती है, यह माता-पिता को पता ही नहीं चलता।

एक दिन पद्मावती उद्यान में फूल चुन रही थी। उस वन में श्रीनिवास (बालाजी) आखेट के लिए गए थे। उन्होंने देखा कि एक हाथी एक युवती के पीछे पड़ा है और वह डर कर भाग रही है। श्रीनिवास जी ने वाण चलाकर हाथी के वेग को रोका और उस युवती यानी पद्मावती की जान बचाई। श्रीनिवास और पद्मावती ने एक-दूसरे को देखा और ऋणानुबंध के कारण मन ही मन एक-दूसरे की सुंदरता पर रीझ गए। दोनों के मन में एक-दूसरे के लिए अनुराग यानी प्रेम उत्पन्न हो गया, लेकिन दोनों बिना कुछ कहे चुपचाप अपने-अपने घरों को लौट गए।

श्रीनिवास अपने घर तो लौट आए, लेकिन उनका मन पद्मावती में ही बस गया। वह रात-दिन उस युवती के बारे में ही सोचते रहते थे। अपनी बेचैनी को कम करने के लिए उन्होंने उस युवती का पता लगाने की युक्ति सोची और एक ज्योतिष का रूप धारण किया और लोगों का भविष्य बताने वाले के रूप में उस युवती को ढूँढने निकल पड़े। धीरे-धीरे एक अच्छे भविष्यवक्ता के रूप में श्रीनिवास की ख्याति चोल राज्य में फैल लगी।

दूसरी तरफ पद्मावती को भी चैन नहीं था। प्रेम की पीड़ा वास्तव में

बड़ी ही व्याकुल करने वाली होती है। पद्मावती भी प्रेम से व्याकुल हो चुकी थी। होना भी था, क्योंकि उनका संबंध तो पूर्व जन्मों का था। पूर्व जन्मों के कारण ही उनमें आकर्षण बढ़ा और ऋणसंबंध के कारण दोनों का निकट आना पूर्वनिश्चित था। यही कारण था कि पद्मावती की आँखों के सामने भी उसी युवक का चेहरा घूमता रहता था। उसने खाना-पीना कम कर दिया था। वह सो नहीं पाती थी। धीरे-धीरे प्रेम विरह के कारण उसका शरीर कृशकाय होता चला गया। अपनी पुत्री की यह दशा राजा से देखी नहीं जा रही थी। ज्योतिष श्रीनिवास की प्रसिद्धि उनके कानों तक भी पहुँची। उन्होंने श्रीनिवास को अपने दरबार में बुलवा लिया।

राजा ने कहा, "मान्यवर मेरी पुत्री न कुछ खाती है न पीती है।"

"क्यों?" श्रीनिवास ने पूछ ही लिया था, "क्या आपको इसका कारण भी पता है?"

"वह किसी शोक के कारण व्यथित है।"

"ऐसा कौन सा शोक है?"

"वह तो नहीं पता, लेकिन मुझसे उसका दुःख देखा नहीं जाता, परंतु क्या करूँ वह किसी को कुछ बताती भी नहीं है।"

"हे राजन आप अपनी पुत्री को बुलाइए," श्रीनिवास ने कहा, "जरा देखूँ तो अंततः उनके शोक का कारण क्या है?" मन-ही-मन श्रीनिवास को आभास हो गया कि कहीं यह उसका लक्ष्य ही तो नहीं है।

राजा ने पद्मावती को बुलवाया। श्रीनिवास की दृष्टि ज्यों ही पद्मावती पर पड़ी, वह मन-ही-मन अत्यंत प्रसन्न हुआ और मन में विचारा कि चलो मेरी इस युवती की खोज के लिए किया गया परिश्रम सफल हुआ। उसने पद्मावती का हाथ अपने हाथ में लिया, उसे कुछ देर पढ़ने का उपक्रम करता रहा और बोला, "हे राजन आपकी पुत्री प्रेम विरह में जल रही है।"

पद्मावती ने उसकी आवाज सुनी तो उसने दृष्टि ऊपर उठाई।

श्रीनिवास को देखते ही उसने उसे पहचान लिया और प्रसन्न हो गई। अरसे बाद अपनी पुत्री की प्रसन्नता देख राजा को लगा कि ज्योतिष ने सही रोग पकड़ लिया है।

''हे ज्योतिष महाराज! क्या आप बता सकते हैं,'' राजा ने कहा, ''अततः मेंरी पुत्री को किससे प्रेम है?''

''आपकी पुत्री एक दिन वन में फूल चुनने गई थी।'' श्रीनिवास ने बताया, ''तभी वहाँ एक हाथी पहुँचा और उन पर हमला कर दिया। आपके सैनिक और इनकी दासियाँ भाग खड़ी हुई। राजकुमारी घबरा गई थी, लेकिन तभी एक युवक धनुष वाण के साथ आया और उसने आपकी पुत्री को हाथी से बचा लिया।''

''हाँ ऐसी घटना मेरे सैनिकों ने बताई थी,'' राजा ने कहा, ''लेकिन मेरी पुत्री के प्रेम से उस घटना का क्या तात्पर्य है!''

''हे राजन, उस घटना से ही इसका तात्पर्य है। आपकी पुत्री को अपनी जान बचाने वाले उसी युवक से प्रेम हुआ है।''

पद्मावती शरमा कर अंदर चली गई।

राजा ने कहा, ''क्या आप उस युवक के बारे में कुछ बता सकते हैं?''

''हाँ, क्यों नहीं। वह कोई साधारण युवक नहीं, बल्कि शंख-चक्रधारी स्वयं भगवान् विष्णु हैं, जो इस समय बैकुंठ को छोड़कर मानव रूप में श्रीनिवास जी के नाम से पृथ्वी पर वास कर रहे हैं। आप निश्चिंत होकर अपनी पुत्री का विवाह उनसे करें। मैं इसकी व्यवस्था कर दूँगा।''

''अच्छी बात है, हम उस युवक से अपनी पुत्री का विवाह संस्कार अवश्य कर देंगे।'' राजा ने कहा, ''आपका बहुत-बहुत धन्यवाद।''

श्रीनिवास इसके बाद वहाँ से अपने घर आ गया और तपस्वी का वेश धारण कर लिया। राजा ने भी अगले ही दिन श्रीनिवास के घर जाकर उसकी माताश्री वकुला से भेंट की और अपनी पुत्री को विधिवत् उनकी बहू बनाने का आग्रह किया, जिसे वकुला माता ने स्वीकार कर लिया।

और इस तरह श्रीनिवास और पद्मावती का विवाह संस्कार तय हो गया। श्रीनिवास ने अपने विवाह संस्कार की बात सभी देवी-देवताओं को बताने के लिए शुक मुनि (परम ज्ञानी तोता) को स्वर्ग लोक में भेज दिया। स्वर्ग लोक में श्रीनिवास जी की शादी का पता चलते ही देवी-देवता अत्यंत प्रसन्न हो उठे। देवी-देवता श्रीनिवास जी से मिलने पृथ्वी पर पहुँचे और उन्हें बधाई दी। लेकिन श्रीनिवास जी प्रसन्नता की जगह चिंता में मग्न बैठे थे।

देवताओं ने पूछा, "हे भगवन् इस प्रसन्नता के अवसर पर आप इतने चिंतातुर क्यों हैं?"

"क्या बताऊँ?" श्रीनिवास जी ने कहा, "बंधुओं चिंता की तो बात ही है। पद्मावती कहाँ राजा की पुत्री है और मैं कहाँ एक साधारण मानव के रूप में जीवन व्यतीत कर रहा हूँ। राजकुमारी से विवाह करने और घर बसाने के लिए धन, वैभव और ऐश्वर्य की आवश्यकता है, वह मैं कहाँ से लाऊँ?"

"बस इतनी-सी बात?" सभी देवता एक स्वर में बोल उठे थे, "हम कुबेर से कह कर आपके लिए धन की व्यवस्था कर देंगे। इससे आपका विवाह संस्कार भी हो जाएगा और ऐश्वर्य व वैभव भी आपके दास रहेंगे।"

ब्रह्मा और शिव सहित सभी देवताओं ने कुबेर की स्तुति की, जिसके बाद कुबेर प्रकट हुए। देवों ने कुबेर को सारी स्थिति से अवगत कराया तो कुबेर ने ऋण देना स्वीकार कर लिया।

कुबेर ने कहा, "यह तो मेरा परम सौभाग्य होगा कि मैं भगवान् विष्णु के काम आ सका। भगवन् आप जितना स्वर्ण और धन चाहें, ले लें। कुबेर का कोष आप ही का है!"

"नहीं, कुबेर जी। मैं आवश्यकता के अनुसार ही स्वर्ण और धन लूँगा। आवश्यकता से अधिक धन लेना बुद्धिमानी नहीं है और मेरी एक शर्त भी होगी!"

"शर्त?" चौंके थे कुबेर, "कैसी शर्त भगवन्!"

"भगवान् ब्रह्मा और शिव साक्षी हैं। आप मुझ पर कोई उपकार नहीं करेंगे, बल्कि मुझे ऋण के रूप में धन देंगे, जिसका पाई-पाई मैं ब्याज सहित चुकाऊँगा।"

"भगवन् आप कैसी बात कर रहे हैं!"

"मैं सही बात कर रहा हूँ," श्रीनिवास ने कहा, "मैंने मनुष्य के रूप में अवतार लिया है। इसलिए मानव की कठिनाई को मैं महसूस करना चाहता हूँ। मानव रूप में मैं उन सभी कठिनाइयों का सामना करूँगा, जो कठिनाई मानव के जीवन में आती हैं। उन कठिनाइयों में धन की कमी और ऋण का भार सबसे बड़ा है।"

"बुरा न मानें प्रभु," अब कुबेर भी अपनी महाजनी पर उतर आए थे, "लेकिन जब आप ऋण पर धन लेने की बात कर रहे हैं, तो फिर आपको यह भी बताना होगा कि आप यह धन चुकाएँगे कैसे? ऋणदाता को यह विश्वास कौन दिलाएगा कि आप ऋण चुका ही देंगे और नहीं चुका पाए तो फिर कौन इसका उत्तरदायित्व अपने पर लेगा। कौन आपका साक्षी बनेगा?"

"भक्त और भगवान् के बीच विश्वास से अधिक पारस्परिकता का संबंध होता है कुबेर जी," श्रीनिवास ने कहा, "यह ऋण मैं नहीं, मेरे भक्त चुकाएँगे।"

"प्रभु मेरा उपकार तो नकार दिया, लेकिन भक्तों का उपकार क्यों नहीं नकारा?"

"वह भी मुझ पर कोई उपकार नहीं करेंगे, बल्कि मैं उन्हें धनवान बनाऊँगा।"

"कैसे?" कुबेर जी ने आश्चर्य से पूछा।

"तो सुनें कुबेरजी," श्रीनिवास ने कहा, "कलियुग के अंत तक पृथ्वी पर मेरी पहचान एक ऐसे देवता के रूप में होगी, जो धन, ऐश्वर्य और

वैभव से परिपूर्ण है। मेरे भक्त मुझसे धन, वैभव और ऐश्वर्य की माँग करने आएँगे और मैं उन्हें यह अवश्य दूँगा। बदले में मेरे भक्त जो चढ़ावा चढ़ाएँगे वह मैं आपको ऋण के रूप में चुकाता रहूँगा।''

''परंतु भगवन आप मानव जाति पर विश्वास कर रहे हैं।'' कुबेर के मन में मानव की निष्ठा को लेकर शंका उत्पन्न हो उठी थी, ''यदि आपके भक्त आपके आशीर्वाद से धनवान होने के बाद चढ़ावा चढ़ाने आए ही न तो आप मेरा ऋण फिर कैसे चुका पाएँगे।''

''श्रीमान् कुबेर जी ऐसा नहीं होगा।'' श्रीनिवास ने कहा, ''मेरे भक्तों की मुझमें अटूट श्रद्धा होगी। वह मेरे आशीर्वाद से प्राप्त धन में मेरा हिस्सा रखेंगे। शरीर त्यागने के बाद तिरुपति के तिरुपला पर्वत पर बाला जी के नाम से लोग मेरी पूजा करेंगे। मेरी मूर्ति उन्हें इसका अहसास कराती रहेगी कि मैं एक हाथ से धन देता हूँ, तो दूसरे हाथ से उनसे धन देने को कहता भी हूँ। यह एक भक्त और भगवान् की एक-दूसरे पर विश्वास से अधिक साझेदारी का संबंध है। इस संबंध में न कोई दाता है और न कोई याचक, दोनों एक-दूसरे के पूरक हैं और सही मायने में एक भगवान् और भक्त का संबंध भी ऐसा ही होना चाहिए।''

''आपकी बातें सुनने में तो अच्छी लगती हैं,'' कुबेर ने कहा था, ''परंतु प्रभु फिर भी मन को संतुष्टि नहीं मिल रही है।''

''ईश्वर के रहते यदि निर्धनता है, तो लोगों को ईश्वर का अहसास कभी नहीं होगा।'' श्रीनिवास ने कहा, ''भक्त की भक्ति और आराधना से प्रेरित उस पर भगवान् अपनी कृपा और प्रेम की वर्षा करते हैं। कम से कम कलियुग में मैं भगवान् बालाजी के रूप में एक ऐसा आराध्य रहूँगा, जो कृपा और प्रेम के साथ वैभव का दाता भी होगा। मैं धन को त्यागने की नहीं, बल्कि धन से ऐश्वर्य पाने के लिए प्रेरित करूँगा, ताकि पूरे समाज में वैभव आए, दरिद्रता मिटे और निर्धनता दूर हो।''

''अति उत्तम,'' कुबेर ने फिर जोर देकर कहा, ''प्रभु अति उत्तम!''

''हाँ, कुबेर जी यदि ईश्वर के रहते निर्धनता, दुःख और दरिद्रता है

तो लोगों को ईश्वर का अहसास कभी नहीं होगा। एक निर्धन व्यक्ति पहले अपनी रोटी की चिंता करेगा या धर्म की। अध्यात्म की ओर मन भी तभी जाता है, जब पेट भरा हो। इसलिए हे कुबेर, कलियुग के अंत तक भगवान् बालाजी धन, ऐश्वर्य और वैभव के दाता के देवता बने रहेंगे। मैं अपने भक्तों को धन से परिपूर्ण बनाऊँगा और मेरे भक्त दान देकर न केवल मेरे प्रति अपना ऋण उतारेंगे बल्कि मेरा ऋण उतारने में भी मदद करेंगे। यह एक भक्त और भगवान् के परस्पर आश्रितता और विश्वास का संबंध है। कलियुग की समाप्ति के बाद मैं आपका मूलधन अवश्य ही लौटा दूँगा। मैं वचन देता हूँ।''

''प्रभु आप धन्य हैं। भक्त और भगवान् के बीच एक ऐसे संबंध की कल्पना कभी न देखी और न सुनी। यह तो एक ऐसा संबंध है, जो ऊपर से तो केवल एक भक्त और भगवान् के बीच भक्ति और विश्वास का संबंध दिखता है, लेकिन वास्तव में देखा जाए तो यह एक परस्पर प्रेम से विकसित होने वाले समृद्ध समाज की रचना की सीख देता है।''

''यही मेरा उद्देश्य भी है कुबेर जी! इस बार मानव रूप में पृथ्वी पर आने के पीछे का कारण भी यही है कि मैं कभी वैभव से परिपूर्ण रहे इस समाज को फिर से समृद्धि और ऐश्वर्य का दर्शन करा सकूँ।''

हम आपको बता दें कि भगवान् श्रीनिवास और कुबेर के बीच हुई वार्ता के साथी स्वयं ब्रह्मा और शिव हैं। आज भी पुष्करिणी के किनारे ब्रह्मा और शिव बरगद के पेड़ के रूप में खड़े हैं। लोगों का कहना है कि विकास कार्य के दौरान इन दोनों पेड़ों को जब काटा जाने लगा तो उनमें से रक्त की धारा फूट पड़ी। लोगों ने पेड़ काटना बंद किया। बाद में उसे देवता की तरह पूजा जाने लगा। आज भी बालाजी का दर्शन करने के लिए जाने वाले लोग इन दो बरगद के पेड़ों का दर्शन करते हैं।

बाद में बड़ी धूमधाम से श्रीनिवास और पद्मावती की शादी हुई, जिसमें ब्रह्मा और शिव के अलावा सभी देवगण और मुनिगण शामिल हुए।

संत रामानुज और वेंकटेश्वर की कथा

प्रभु वेंकटेश्वर अर्थात् भगवान् बालाजी के प्रति लोगों में आस्था सदियों से रही है। यही कारण है कि इसके निर्माण एवं इसकी सुंदरता में समय-समय पर चार चाँद लगे हैं। कई शताब्दी पूर्व बना यह मंदिर दक्षिण भारतीय वास्तुकला और शिल्पकला का अद्‌भुत उदाहरण है। प्रभु वेंकटेश्वर के भक्तों में जन-सामान्य ही नहीं राजा-महाराजा भी रहे हैं, क्योंकि भगवान् बालाजी स्वयं में राजाओं के भी राजा हैं। यही कारण है कि प्रभु वेंकटेश्वर की महिमा सदियों ही नहीं बल्कि युगों-युगों से सारे संसार और लोक-लोकांतर में फैली हुई है। आधुनिक काल में भी प्रभु वेंकटेश्वर विश्व के सबसे प्रतिष्ठित ईश्वर हैं। धन-धान्य से परिपूर्ण प्रभु वेंकटेश्वर की तुलना किसी भी देवी-देवता से नहीं की जा सकती।

तमिल के शुरुआती साहित्य में से एक संगम साहित्य में तिरुपति को त्रिवेंगदम कहा गया है। तिरुपति के इतिहास को लेकर इतिहासकारों में मतभेद हैं। लेकिन यह स्पष्ट है कि 5वीं शताब्दी तक यह एक प्रमुख धार्मिक केंद्र के रूप में स्थापित हो चुका था। कहा जाता है कि चोल, होयसल और विजयनगर के राजाओं का आर्थिक रूप से इस मंदिर के निर्माण में खास योगदान था।

इस मंदिर के विषय में एक अनुश्रुति के अनुसार, प्रभु वेंकटेश्वर अर्थात् बालाजी को भगवान् विष्णु का अवतार माना जाता है। ऐसा माना जाता है कि प्रभु विष्णु ने कुछ समय के लिए स्वामी पुष्करिणी नामक तालाब के किनारे निवास किया था।

यह तालाब तिरुमला के पास स्थित है। तिरुमला-तिरुपति के चारों

ओर स्थित पहाड़ियाँ, शेषनाग के सात फनों के आधार पर बनीं 'सप्तगिरि' कहलाती हैं। श्री वेंकटेश्वरैया का यह मंदिर सप्तगिरि की सातवीं पहाड़ी पर स्थित है, जो वेंकटाद्रि नाम से प्रसिद्ध है। स्कंद पुराण में वेंकटाचल-माहात्म्य में कहा गया है कि

कमलाख्यस सर त उत्तरे कालेनोत्तमे
क्रोशद्वयाधमात्रेतु हरिचंदनशोभिते।
श्रीवेंकटाचलोनामः वासुदेवालयो महान्
सप्तयोजनविस्तीर्णः शैलेन्द्रोयोजनोच्छितः
अस्तिस्वर्णमयी देविरत्नासानुभृदायतः
इंद्राद्या देवता गणां वशिष्ठाधामुनीश्वराः।
सिद्धाः साध्यश्चमरुतोदानवादैत्य राक्षसः
रम्भाका अप्सरः संघा वासन्ति नियत धरे।।

एक अन्य धार्मिक ग्रंथ में प्रभु वेंकटेश्वर को दक्षिणतीर पर निवास करने वाला जगत का पति कहा गया है :

अयास्तु पश्चिमे तीरे निवासामि त्वया सह।
आस्तेऽन्या दक्षिणतीरे श्रीनिवासो जगत्पतिः
गंगाद्यैः सकलेतीर्थैः समासा सागराम्बरे।
त्रैलोक्यैयानितीर्थानि सरांसिसपितस्तथा।
तेषां स्वामित्वमापन्न धरे! स्वाभि सरोवरे।

11वीं शताब्दी में संत रामानुज ने तिरुपति की इस सातवीं पहाड़ी पर चढ़ाई की थी। रामानुज प्रभु वेंकटेश्वर के परम भक्त थे। स्कंद पुराण में रामानुजाचार्य द्विज वृत्तांत वर्णन के अंतर्गत उनकी भक्ति और तपस्या का वर्णन है कि कैसे उन्होंने श्री वेंकटेश की आराधना की :

आकाश गंगा निकटे सर्वशास्त्रार्थ पारगः।
रामानुजः इतिख्यातोविष्णुभक्तों जितेन्द्रियः
तमश्चकार धर्मात्मवैखानसपते स्थितः।
गीष्मेपश्चाग्निमध्यस्थोयिष्णु ध्यान परायण।।

अर्थात् आकाश गंगा नाम वाले तीर्थ के निकट रामानुज ने तपस्या की। कहा जाता है कि प्रभु श्रीनिवास (वेंकटेश्वर का दूसरा नाम) उनके समक्ष प्रकट हुए और उन्हें आशीर्वाद दिया। आशीर्वाद पाकर वे गद्गद हो उठे थे। उनकी प्रसन्नता का ठिकाना नहीं रहा था। इस विषय में कहा गया है कि

आविर्भूतं तदा दृष्ट्वा श्रीनिवासं कृपानिधिम्।
पीताम्बरशरं देवं तुष्टि प्राप महामुनिः।
भक्तऽया युक्तस्तुष्टाव जगदीश्वरम्।।

इसका सारांश यही है कि रामानुज ने पीतांबरधारी जगदीश्वर के दर्शन किए और प्रभु के दर्शन पाकर उनका जीवन धन्य हो गया।

श्रीभाष्य के आरंभ में रामानुज ने कहा है कि

अखिलभुवनजन्मस्थेमभंगादिलीले
विनत विविध भूतव्रातरक्षैक दीक्षे।
श्रुतिशिरसि विदीप्ते ब्रह्माणि श्रीनिवासे।
भवतु मम परस्मिन् शेमुषीभक्तिरूपा।।

बालाजी के परम् भक्त रामानुज जी उदार भाव से कहते हैं कि मेरा सारा ज्ञान भगवान् श्रीनिवास की भक्ति का रूप ले ले। यह उन्हीं का है, उन्हें ही वेदों का परम् ब्रह्म कहा गया है।

ऐसा माना जाता है कि प्रभु का आशीर्वाद प्राप्त करने के पश्चात् वे 120 वर्ष की आयु तक जीवित रहे और जगह-जगह घूमकर उन्होंने वेंकटेश्वर भगवान् की ख्याति फैलाई।

बैकुंठ एकादशी के अवसर पर लोग यहाँ पर प्रभु के दर्शन के लिए आते हैं, जहाँ पर आने के पश्चात् उनके सभी पाप धुल जाते हैं। मान्यता है कि यहाँ आने के पश्चात् व्यक्ति को जन्म-मृत्यु के बंधन से मुक्ति मिल जाती है। हिन्दू धर्म में मोक्ष ही अंतिम लक्ष्य है और यही वेंकटेश्वर प्रभु के द्वार पर प्राप्त हो जाता है।

चिलकुर बालाजी

❋

आंध्र प्रदेश स्थित तिरुपति बालाजी मंदिर के बारे में सभी जानते हैं। इसकी महिमा इतनी है कि यहाँ हर समय श्रद्धालुओं की भीड़ उमड़ी रहती हैं। विशेष दर्शन के शुल्क देकर भी दर्शन के लिए कम-से-कम चार घंटे प्रतीक्षा करनी पड़ती है और जो सीधे लाइन में लगते हैं, उन्हें तो दर्शन चौबीस घंटे के बाद ही हो पाते हैं। वैसे एक ओर लाइन होती है तो दूसरी ओर प्राथमिक आवश्यकताओं की पूरी व्यवस्था है, यहाँ तक कि भोजन भी मिल जाता है।

इन्हीं सब बातों को ध्यान में रखते हुए एक छोटा तिरुपति मंदिर हैदराबाद शहर की सीमा के पार बनवाया गया है। सीमा पार बने हिमायत सागर के आगे एक रास्ता कमल धाम यानी लोटस मंदिर की ओर जाता है और दूसरा रास्ता इस छोटे तिरुपति मंदिर की ओर, जिसे नाम दिया गया है : चिलकुर बालाजी।

आगे बढ़ने पर बाजार सजा है न सिर्फ पूजा सामग्री का बल्कि छोटे-छोटे रेस्तरां भी हैं। यहाँ से पूजा की सामग्री लेकर मंदिर की ओर बढ़ा जाता है। यहाँ खास बात यह है कि परम्परा के अनुसार प्रवेश द्वार यानी गोपुरम नहीं है, क्योंकि यह मुख्य मंदिर की छाया के रूप में स्थापित किया गया है।

भीतर बालाजी यानी वेंकटेश भगवान् की मूर्ति है। गर्भ गृह भी छोटा सा है, जिसके बाहर छोटा मंदिर है पार्वती माँ का, जिसके पीछे हनुमान जी का छोटा मंदिर है। अधिक समय नहीं लगता है दर्शन होने में, जिससे दर्शन का अधिक संतोष होता है। प्रसाद के रूप में यहाँ केवल मिसरी

दी जाती है, पारंपरिक रूप में लड्डू नहीं। इस मंदिर की महिमा भी दिन-प्रतिदिन बढ़ती जा रही है और लोगों का विश्वास है कि भगवान् तिरुपति बालाजी में भक्तों की बढ़ती भीड़ से स्वयं भगवान् भी परेशान हैं, इसलिए वे इस छोटे मंदिर में भी आते हैं। यह कोरा विश्वास और आस्था है या ऐसा होता है यह तो भगवान् ही जाने, लेकिन इतना अवश्य है कि इस मंदिर में भी लोगों की आस्था दिन-प्रतिदिन बढ़ रही है। यदि ऐसा ही होता रहा तो वह दिन दूर नहीं, जब इस मंदिर में भी दर्शन करने के लिए लोगों को घंटों प्रतीक्षा करनी पड़ेगी।

वास्तव में भगवान् बालाजी के द्वार पर ही भक्ति और आस्था का अद्भुत संगम देखने को मिलता है। ऐसा संगम जो दुनिया के किसी अन्य देश या धर्म स्थल पर संभवतः ही देखने को मिलता हो। प्रेम और सद्भाव के साथ भगवान् के दर्शन बिना किसी भेदभाव के किए जाते हैं। हाँ यह अवश्य है कि सुरक्षा की दृष्टि से अति विशिष्ट लोगों को भगवान् के दर्शन विशेष कतारों और शुल्क के माध्यम से कराए जाते हैं। लेकिन भगवान् की दृष्टि में तो हरेक भक्त बराबर है। उसकी दृष्टि में कोई छोटा-बड़ा या अमीर-गरीब नहीं है। भगवान् का प्रेम तो सभी भक्तों पर सस्नेह बरसता है।

बालाजी की माँ

❋

अबला तेरी यही कहानी
आँचल में है दूध और आँखों में पानी।

आज इक्कीसवी सदी में मैथलीशरण गुप्त की कविता को दोहराकर शायद मैंने आप सभी को चौंका दिया है। और वह भी भगवान् बालाजी की पुस्तक में, है ना। परंतु नहीं...मैंने आप सभी को चौंकाने के लिए इस कविता को नहीं लिखा, बल्कि एक बार फिर समाज को आईना दिखाया है कि क्या हम वाकई में इस कविता को बदल पाएँ हैं या नहीं, परिस्थितियाँ बदली नहीं बल्कि और भी अधिक भयंकर हो गई हैं। आज की नारी और भी अधिक शोषित, पीड़ित है। बदला है तो बस शोषण करने का ढंग। आज नारी जिस स्थिति में है उसे उस स्थिति तक पहुँचाया किसने? मैंने, आपने और इस समाज ने, क्योंकि नारी को अबला, निरीह हमने बनाया है। जब एक बच्चा जन्म लेता है, तब उसे स्वयं पता नहीं होता कि वह क्या है? स्त्री को स्त्री बनाने वाली भी स्त्री ही होती है। वो स्त्री जो आधी जनसंख्या का हिस्सा है, जो आदिम युग से अपने त्याग बलिदान के कारण वन्दनीय रही है।

तिरुपति बालाजी की माताश्री की कहानी भी आजकल मैथलीशरण गुप्त की कविता की ओर ही संकेत करती है कि नारी की स्थिति कब बदलेगी? दुनिया के सबसे धनी भगवान् और करोड़ों लोगों की आस्था के प्रतीक तिरुपति बालाजी के प्रति भला किसे श्रद्धा नहीं होगी?

...लेकिन बहुत कम लोग ही जानते हैं कि तिरुपति ही में प्रभु बाला जी की माँ का भी मंदिर है, जो इन दिनों मायनिंग माफियाओं के कब्जे

में आ गया है...आलम यह है कि सैकड़ों साल पुराने इस मंदिर के गर्भ गृह से बालाजी की माँ की मूर्ति ही चोरी कर ली गई है, किसी को न तो इस मूर्ति की खोज की चिंता है और न ही बालाजी की माँ के मंदिर को बचाने में कोई दिलचस्पी...। कम-से-कम यह पुस्तक लेखन तक तो इस मूर्ति का कोई पता नहीं चल पाया था।

अवैध खनन के कारण लगभग खत्म होता जा रहा पर्वत और उस पर बना एक सैकड़ों साल पुराना मंदिर...यह दृश्य अपने आप में यह बताने के लिए काफी है कि ऐतिहासिक और पौराणिक महत्त्व वाले इस पर्वत और उस पर बने इस प्राचीन मंदिर की दुर्दशा क्या होगी... यह मंदिर भी कोई ऐसा वैसा आम मंदिर नहीं है, बल्कि यह मंदिर है, कलियुग के बैकुंठ तिरुपति में रहने वाले भगवान् वेंकटेश्वर बालाजी की माँ...वही वेंकटेश्वर बालाजी जिसके दर्शन करने करोड़ों लोग तिरुपति बालाजी आते हैं और जी खोलकर दान देते हैं।

दानराशि को सैकड़ों लोग मिलकर भी आसानी से नहीं गिन पाते, लेकिन ऐसे धनवान भगवान् बालाजी की माँ के इस अति प्राचीन मंदिर की यह हालत साफ बयान करती है कि दोनों हाथों से धन बटोरने की धुन में किस तरह इस मंदिर की अवहेलना की जा रही है...कभी आस्था का सबसे बड़ा केंद्र माने जाने वाला यह मंदिर कहीं और नहीं बल्कि तिरुपति शहर से महज 40 किलोमीटर की दूरी पर स्थित पेरुबंडा गाँव में स्थित है...और मंदिर की देवी का नाम है वकुला माता देवी।

इतिहास के पन्नों पर विश्वास करें, तो पहाड़ियों पर स्थित यह मंदिर 1300 सालों से अधिक पुराना है...इसके लिए बाकायदा 50 एकड़ की भूमि भी यहाँ के राजा ने दी थी, जिसके तहत पहाड़ की ऊपरी चोटी पर मंदिर है और उसके नीचे देवी के नाम पर बना पवित्र सरोवर...जहाँ कभी हर साल देवी की उत्सव मूर्ति को लाकर एक बड़ा जलसा आयोजित किया जाता था...यही नहीं यहाँ कई और छोटे मंदिर भी कभी हुआ करते थे..और नीचे से पहाड़ी की चोटी पर बने देवी माँ के दर्शनों के लिए जाने

के लिए कभी सीढ़ियाँ भी हुआ करती थी...स्कंद पुराण में चोल शासकों द्वारा बनाए गए इस मंदिर के बारे में उल्लेख भी मिलता है...लेकिन अवैध खनन ने न केवल पवित्र सरोवर की यह दुर्गति बना दी, बल्कि इन सीढ़ियों को भी तोड़ते हुए पूरे पहाड़ की ही क्या हालत कर दी है, ये किसी से छिपा नहीं है। आज वह जगह किस कदर खँडहर बन चुकी है ...ऐसा लगता है मानो कभी यहाँ कुछ रहा ही नहीं हो...जगह-जगह से टूटे हुए दीवारों के पत्थर, दीवारों पर उगे हुए जंगली पौधे और मंदिर के नाम पर खँडहर में तब्दील हुई जगह...जबकि सचाई यह है कि दो दशकों पहले तक इसी मंदिर में बना भोजन और प्रसाद यहाँ की देवी को भोग लगाकर तिरुपति बालाजी के मंदिर में तिरुमला ले जाया जाता था...यहाँ कभी तिरुपति बालाजी मंदिर देवस्थानम द्वारा पूजा पाठ के लिए नियुक्त पंडित भी थे, हर दिन पूजा अर्चना भी होती थी...और व्यवस्थित रूप से माता के इस मंदिर से बालाजी को भोग लगाने के लिए तिरुपति बाला जी मंदिर से पंडित भी आते थे...लेकिन इन माफियाओं के कारण बाला जी मंदिर प्रशासन ने यहाँ आना क्या बंद किया कि मानो धनवान बेटे तिरुपति बालाजी के रहने के बाद उनकी माँ एक तरह से अनाथ ही हो गई...मंदिर खँडहर हो गया, जगह-जगह से दीवारें टूट-फूट गई...उसमें लगे पत्थर नीचे आ गिरे हैं...यहाँ तक होता तो कुछ ठीक ही था, लेकिन देखरेख के अभाव में इस मंदिर की हालत इतनी खराब हो गई कि सदियों पुराने इस मंदिर के गर्भ गृह में लगी ऐतिहासिक वकुला माता देवी की मूर्ति को ही कुछ लोग चुराकर ले गए...। पत्रकार श्री वत्सन के अनुसार, अचरज की बात तो यह है कि आज तक किसी ने भी किसी भी पुलिस स्टेशन में इस दुर्लभ और प्राचीन मूर्ति की चोरी की शिकायत तक दर्ज नहीं कराई है। तिरुपति बालाजी के मंदिर में काम करने वाले सभी कर्मचारियों के माता-पिता होंगे, जब ये लोग भगवान् बालाजी की माँ की ही सुरक्षा नहीं कर सके, तो भला अपने माँ-बाप की सेवा की इनसे उम्मीद कैसे की जा सकती है...ये सभी लोग बालाजी के नाम पर रुपया छापने में लगे हैं। जगह-जगह भगवान् को ले जाकर पूजा-पाठ और सामूहिक

विवाह कार्यक्रम करवाया जाता है, उनकी माँ के मंदिर में पूजा करना इन्हें कैसे याद नहीं रहा? वैसे इस मंदिर की सुरक्षा की जिम्मेदारी तिरुपति बालाजी मंदिर प्रशासन की जितनी है उससे कहीं ज्यादा पुरातत्व विभाग की है। आंध्र प्रदेश पुरातत्व विभाग को मंदिर की इस दुर्दशा की सारी जानकारी तो है, लेकिन उसकी बेबसी इसी बयान से साफ झलक जाती है कि वह चाहकर भी कुछ नहीं कर पा रहे हैं।

स्पष्ट है की बालाजी मंदिर देवस्थानम हो या पुरातत्व विभाग या फिर अवैध खनन माफिया...इन सभी के साथ हम सभी भी कहीं-न-कहीं जिम्मेदार हैं इस ऐतिहासिक और प्राचीन महत्त्व के मंदिर के खँडहर बनाने और इसकी इतनी बुरी दुर्दशा के..और उम्मीद की जानी चाहिए कि कम से कम देर से ही सही अब तो इस मंदिर को बचाने के लिए कोशिशें शुरू हो जाएँगी।

श्रीवत्सन के अनुसार, पौराणिक मान्यताओं के अनुसार, वकुला माता देवी ही प्रख्यात भगवान् वेंकटेश्वर बालाजी की माँ हैं और इन्हें जहाँ देवकी का अवतार माना जाता है, वहीं अन्नपूर्ण की देवी भी कहा जाता है। प्रचलित कथाओं के अनुसार द्वापर युग में भले ही देवकी माँ ने भगवान् कृष्ण को जन्म दिया था, लेकिन कंस के डर से उन्हें नन्द महाराज के घर यशोदा के पास छोड़ दिया था। जहाँ यशोदा माँ ने ही कृष्ण का लालन-पालन किया था।

कहा जाता है कि कंस के संहार और अपनी मुक्ति के बाद जब देवकी ने भगवान् कृष्ण के अवतारी रूप को पहचानते हुए उनसे लालन-पालन नहीं करने के सौभाग्य की शिकायत की तो कृष्ण ने उन्हें जन्म देने वाली देवकी माँ की ममता का ख्याल करते हुए उन्हें कलियुग में फिर से न केवल अपनी माँ बनाने की बात कही, बल्कि उन्हीं के हाथों से खाना खाने का भी वादा किया और यही देवकी कलियुग में वकुला माता देवी का अवतार हैं...हालाँकि इस जन्म में उनके गर्भ से बालाजी के जन्म की कहानी तो नहीं मिलती, लेकिन अपने पुत्र की तलाश में सभी लोगों को

जी भरकर खाना खिलाने की कई कथाएँ यहाँ प्रचलित हैं...इस उम्मीद में कि उनके हाथों से कभी बालाजी भी खाना खा लें... और जब बालाजी उन्हें मिले तो यहीं कुछ दिन बालाजी का भी निवास रहा...कहा जाता है कि वकुला माता देवी ने ही बतौर उनकी माँ के स्थान पर रहकर भगवान् बालाजी का विवाह भी पद्मावती देवी से करवाया था...इसके बाद बाला जी ने जब तिरुपति की सप्तागिरि पहाड़ियों पर रहने की इच्छा जताई तो वकुला माता देवी ने उन्हें इसकी अनुमति दे दी। इस मंदिर से बालाजी के मंदिर वाली सप्तागिरि वाली पहाड़ियाँ स्पष्ट नजर आती हैं...स्कंद पुराण में चोल शासकों द्वारा बनाए गए इस मंदिर के बारे में उल्लेख भी मिलता है...कहा जाता है कि दूर रहकर भी भगवान् अपनी माँ के हर रोज इन्हीं पहाड़ियों से दर्शन करते थे...सालों तक इसी वकुला माता देवी के मंदिर में चूल्हे पर बना खाना प्रतिदिन सुबह-सुबह भगवान् बालाजी के मंदिर भेजा जाता था...जिसे प्रसाद मानकर बालाजी को भोग लगाया जाता था...कहा जाता है कि यह खाना या प्रसाद एक माँ अपने बेटे के लिए हर रोज बनाकर भेजती थी...और बालाजी कुछ खाकर अपने मंदिर में आने वाले भक्तों को अपनी माँ के हाथ का बना शेष प्रसाद देते थे। लेकिन बालाजी मंदिर प्रशासन ने इस मंदिर की सुध-बुध लेनी छोड़ दी और इस पर माफियाओं की नजर लग गई...तो पहले जहाँ यह परंपरा ही समाप्त हो गई थी, वहीं अब वकुला माता देवी की मूर्ति की चोरी हो जाने के बाद मानो सभी इसकी सुध-बुध लेने से बचने लगे...इसकी दुर्दशा देखकर यही अंदाजा लगाया जा सकता है कि यह किसी भी समय ढह सकता है...और यदि ऐसा होता है, तो इस मंदिर के साथ ही ढहेगी इसके साथ जुड़ी हुई आस्था, विश्वास और एक ऐतिहासिक धरोहर...वैसे तस्वीरें स्पष्ट बता रही हैं कि अब तक यहाँ के 60 फीसदी पहाड़ का माफिया खनन कर चुके हैं...जबकि हकीकत यह है कि इतने प्राचीन मंदिर के 1 किलोमीटर का दायरा पुरातत्व विभाग के संरक्षण में आता है...और कोई भी इतने प्राचीन मंदिर वाले पहाड़ को किसी भी कीमत पर दोहन की अनुमति नहीं दे सकता...वैसे ऐसा नहीं है कि इस मंदिर को बचाने की

कोई कोशिश ही नहीं की गई...इस गाँव के करीब 400 लोगों ने साल 2005 में भगवान् तिरुपति बालाजी की हुंडी में एक मेमोरेंडम डालकर अपनी माँ के इस मंदिर को बचाने की गुहार की थी...इसके बाद कहा जाता है कि एक चमत्कार हुआ, क्योंकि साल 2006 में बालाजी मंदिर प्रशासन ने इस मंदिर और यहाँ लगी देवी की प्रतिमा को बालाजी मंदिर की पहाड़ियों पर चढ़ने के लिए शुरू होने वाली अलापिरी की पहाड़ियों पर शिफ्ट करने की योजना बनाई थी और इसके लिए तिरुपति बाला जी देवस्थानम ने 80 लाख रुपए मंजूर भी किए थे...लेकिन इस मंदिर के ही कुछ पुजारियों और धर्म के ठेकेदारों ने वकुला माता देवी के मंदिर को शिफ्ट करने की बजाय उनके मूल स्थान पर बने मंदिर को ही ठीक करने की जिद्द करना शुरू कर दिया था। इनके विरोध का कारण यह भी था कि किसी भी माँ के मंदिर को बेटे के मंदिर के नीचे या दूसरे शब्दों में पाँव के पास बनाना हिन्दू धर्म के खिलाफ होगा...मामला इतना गरमा गया कि तिरुपति बालाजी देवस्थानम को अपना यह प्रस्ताव ही स्थगित करना पड़ा। अगर उस समय बालाजी की माता वकुला माता देवी का मंदिर बना दिया जाता तो भले ही प्राचीन मंदिर को नहीं तो कम से कम उनके प्राचीन मंदिर में स्थापित गर्भ गृह की मूर्ति को तो बचा लिया जाना संभव हो पाता। जो बच्चे अपने माता-पिता की अनदेखी करते हैं। वृद्ध माता-पिता के भरण-पोषण का उत्तरदायित्व नहीं उठाते, कोर्ट उन्हें दंडित तक कर देती है, लेकिन बालाजी तो जगत के पति हैं, उन्हें दंडित भला कौन करेगा? लेकिन उन्हें अपनी माता की सुधि तो लेनी ही चाहिए। बालाजी मंदिर की कुल संपत्ति अरबों में है...भक्त, भगवान् और भगवान् के अकूत खजाने से भरा पड़ा है अपना देश...तिरुपति बालाजी का मंदिर भी दान से मालामाल है...भक्तों के चढ़ावे से मालामाल है भगवान् और भरा पड़ा है उनका खजाना...हीरे, जवाहरात, सोने चांदी और नकदी हर रूप में दौलत यहाँ भरी पड़ी है...दुनिया के सबसे धनी भगवान् हैं बालाजी। राजनीतिक, उद्योग जगत सहित सभी छोटे-बड़े क्षेत्रों की हस्तियाँ बालाजी के दरबार में मत्था टेकने आती हैं.. देश विदेश से हर

साल करीब 50 लाख लोग बालाजी के दर्शन करने आते हैं और जी खोलकर चढ़ावा चढ़ाते हैं। एक अनुमान के मुताबिक बालाजी भगवान् के पास कुल 52 हजार करोड़ रुपये से भी अधिक की संपत्ति है...इसमें से करीब 20 टन तो सोने, चाँदी और हीरे के गहने ही हैं।...मंदिर का सालाना बजट 1200 करोड़ रुपये है। 600 करोड़ रुपये से भी अधिक का चढ़ावा तो यहाँ चढ़ता है...बालाजी के दान पात्र में 350 करोड़ रुपए नकद चढ़ावा चढ़ता है। हर साल 300 किलो सोना और 550 किलो से भी अधिक चाँदी के जेवर भगवान् को समर्पित किए जाते हैं। बालाजी के मंदिर में जो लोग बाल उतरवाने आते हैं, उससे भी बालाजी को अरबों रुपए की कमाई हो जाती है। बालाजी के मंदिर के 1500 करोड़ रुपए से ज्यादा की रकम तमाम बैंकों में फिक्स डिपोजिट के तौर पर जमा है और इससे हर साल करीब 175 करोड़ रुपए ब्याज के तौर पर ही मंदिर प्रशासन को मिल जाते हैं। राजा हो या रंक सभी यहाँ आकर जी खोलकर चढ़ावा चढ़ाते हैं। प्रतिदिन करीब 3 लाख से भी ज्यादा बाला जी का लड्डू प्रसाद बिक जाते हैं, जिसमें 42 करोड़ रुपए की अलग से कमाई हो जाती है।

स्पष्ट है कि इसमें से यदि चंद रुपए भी बालाजी की माँ के इस प्राचीन मंदिर के संरक्षण पर खर्च कर दिया जाता, तो शायद इस प्राचीन मंदिर की यह दुर्दशा नहीं होती।

बालाजी का कुटम्ब

भगवान् वेंकटेश्वर बालाजी ने किस ब्राह्मण कुल में जन्म लिया था, यह स्पष्ट नहीं है। उनके कुल के बारे में शास्त्रों में वर्णन तो है, लेकिन अधिक विस्तार से नहीं है। हाँ उनकी माताश्री के बारे में हम पहले ही बता चुके हैं और उनके एक बड़े भाई भी थे, जिनका नाम गोविंदराज स्वामी था। बालाजी की भार्या तो पद्मावती थीं ही, यह सभी जानते हैं। तो चलिए अब उनकी पत्नी के बारे में ही चर्चा की जाए। तिरुपति के पास तिरुचुरा नामक एक छोटा सा गाँव है। यूँ तो आकार में यह गाँव छोटा है, लेकिन सुंदरता और महत्ता में किसी से भी कम नहीं। इस गाँव में देवी पद्मावती का सुंदर मंदिर है। देवी पद्मावती को बेहद दयालु माना जाता है। लोगों की आस्था है कि देवी पद्मावती की शरण में जाने से उनके सभी पाप धुल जाते हैं और वे उनकी सभी मनोकामनाओं को पूर्ण करती हैं।

पौराणिक कथाओं के अनुसार देवी पद्मावती का जन्म कमल के फूल से हुआ है, जो मंदिर के तालाब में खिला था। मंदिर प्रांगण में कई देवी-देवताओं के छोटे-छोटे मंदिर निर्मित किए गए हैं। यह मंदिर अलमेलमंगापुरम के नाम से भी जाना जाता है। लोक मान्यता है कि तिरुपति बालाजी के मंदिर में माँगी मुराद तभी पूरी होती है, जब श्रद्धालु बालाजी के साथ-साथ देवी पद्मावती का आशीर्वाद भी ले लें।

प्रभु वेंकटेश की पत्नी होने के कारण देवी पद्मावती के मंदिर को सबसे अधिक महत्वपूर्ण माना जाता है। मंदिर में स्थापित देवी की मूर्ति में पद्मावती देवी को कमल के आसन पर बैठा हुआ बनाया गया है,

जिनके दोनों हाथों में कमल के पुष्प सुसज्जित हैं। यह भव्य मंदिर देखने योग्य है। माना जाता है कि इस तिरुचुरा गाँव में ही भगवान् वेंकटेश्वर का प्राचीन मंदिर था। कालांतर में श्रद्धालुओं की भीड़ के सामने यह जगह छोटी पड़ने लगी, इसलिए प्रभु का मंदिर तिरुपति में स्थापित किया गया और दो पूजा विधियों के अलावा सारे रीति-रिवाज तिरुपति में ही मनाए जाने लगे।

तमिल भाषा में तिरु का अर्थ संस्कृत के शब्द श्री के समान माता लक्ष्मी के लिए प्रयोग होता है, अतः तिरुपति यानी लक्ष्मी पति। तिरुपति से करीब 22 किलोमीटर की ऊँचाई पर सप्तगिरि पर्वत, शेषनाग के फन की तरह सात पहाड़ियों की शृंखला है। शेषाद्रि, नीलाद्रि, गरुड़ाद्रि, अंजनाद्रि, वृषभाद्रि, नारायणाद्रि और वेंकटाद्रि। सातवीं पहाड़ी वेंकटाद्रि पर ही स्थापित है श्री वेंकटेश्वर का विग्रह। दक्षिण भारतीय वास्तुकला एवं शिल्प का अद्भुत उदाहरण है यह मंदिर।

मंदिर परिसर में अनेक द्वार और मंडप स्थापित हैं। मुख्य मंदिर स्वर्ण पतरों से विभूषित है, जिसके गर्भग्रह में भगवान् की सात फुट ऊँची श्याम वर्णीय प्रतिमा स्थापित है। भगवान् श्री बालाजी अपने हाथ में शंख, पद्म, चक्र और गदा धारण किए हुए हैं। एक ओर श्रीदेवी तो दूसरी ओर भूदेवी विराजमान है। भगवान् के विग्रह पर भीमसेनी कर्पूर का तिलक किया जाता है, जो प्रसाद के रूप में वितरित होता है। भगवान् वेंकटेश्वर के दर्शन से पूर्व स्वामी पुष्करिणी में स्नान कर नए कपड़े धारण करने के पश्चात् सरोवर के तट पर बने वराह स्वामी का दर्शन कर नैवेद्य चढ़ाना चाहिए। कहते हैं इस क्षेत्र के स्वामी वराह थे। भगवान् श्री वेंकटेश्वर के दर्शन पश्चात् हुंडी में केश एवं धन-द्रव्य अर्पण की परंपरा है और यह माना जाता है कि भगवान् अपने भक्तों को चढ़ावे से कई गुना अधिक वापसी का आशीर्वाद प्रदान करते हैं। दर्शन करने पर भक्तों को प्रसाद के रूप में मीठी पोंगल या दही-चावल प्राप्त होता है। वहीं तिरुपति के लड्डू भी अपने विशिष्टता के लिए प्रसिद्ध हैं। बेसन, घी और सूखे मेवे

से बने लड्डू का पेटेंट भी किया गया है। तिरुमला में भगवान् श्री वेंकटेश्वर के दर्शन के साथ-साथ स्वामी वेणुगोपाल, आकाशगंगा पाप विनाशम, शिला तोरणम, श्री वारि पादलु, चक्रम तीर्थम, कपिल तीर्थम आदि स्थान भी आस्था के केन्द्र हैं। इन स्थानों के लिए बस, जीप और टैक्सी की सुविधा है। श्री वेंकटेश्वर मंदिर से दो किलोमीटर दूर स्वामी वेणुगोपाल के साथ ही हाथीराम की समाधि है। वहीं आकाशगंगा में जल प्रपात है। यहाँ का जल मंदिर के कार्यों में उपयोग किया जाता है। इस प्रपात के नीचे श्री हनुमान जी का मंदिर है। आकाशगंगा से कुछ ही दूर पर पाप विनाशम में झरना है, जो श्री वेंकटेश्वरा सेंचुरी पार्क में स्थित है। कहते हैं कि पाप विनाशम में स्नान करने से सारे पाप धुल जाते हैं, यहाँ माता भवानीगंगा का मंदिर भी है। तिरुमला की दूसरी पहाड़ी पर श्री वारिपादुल में भगवान् के श्री चरण स्थापित हैं। वहीं शिला तोरणम संपूर्ण एशिया में अनूठा है, जहाँ पहाड़ इंद्रधनुष के आकार में टूटा हुआ है। उसके साथ ही चक्रमतीर्थ भगवान् श्री विष्णु का सुदर्शन चक्र की कथा में संबंधित है।

तिरुपति में स्वामी गोविंदराज का मंदिर भी अद्भुत है, इसका विशाल गोपुरम और भगवान् निद्रालीन अवस्था में विग्रह के दर्शन होते हैं। यह मंदिर रामानुजाचार्य ने बनवाया था। इस मंदिर से कुछ ही दूरी पर श्री राम मंदिर है, जहाँ भगवान् श्री राम, लक्ष्मण और माता सीता जी के साथ विराजित हैं। इस मंदिर के सामने अंजनाद्री मंदिर में श्री हनुमान के दर्शन होते हैं। तिरुपति की अलपिरी पहाड़ी की तलहटी में इस्कान श्री कृष्णा मंदिर भी श्रद्धालुओं की आस्था का केन्द्र बनता जा रहा है।

तिरुपति बालाजी की तीर्थयात्रा कलियुग में सर्वश्रेष्ठ मानी जाती है। सुख-समृद्धि की मनोकामना यहाँ पूरी होती है, इसलिए देश-विदेश में तिरुपति बालाजी का सर्वोत्तम स्थान है।

द्वितीय खण्ड

तिरुपति बालाजी का पौराणिक एवं ऐतिहासिक महत्व

इतिहास की यत्नपूर्वक रक्षा करनी चाहिए।
धन के नष्ट हो जाने पर कुछ नष्ट नहीं होता,
परंतु इतिहास के नष्ट कर देने पर
विनाश निश्चित है।

महाभारत

इतिहास, भूगोल और संस्कृति

भगवान् वेंकटेश्वर बालाजी का मंदिर आंध्र प्रदेश में है। इसलिए इस राज्य के इतिहास और भूगोल की जानकारी भी तिरुपति के भक्तों को होनी ही चाहिए। आंध्र प्रदेश भारत के दक्षिण-पूर्वी तट पर स्थित राज्य है। क्षेत्र के अनुसार यह भारत का चौथा सबसे बड़ा और जनसंख्या की दृष्टि से पाँचवाँ सबसे बड़ा राज्य है। इसकी राजधानी और सबसे बड़ा शहर हैदराबाद है और हैदराबाद से तिरुपति 600 किमी दूर है और यहाँ से जाने के लिए यातायात के साधनों की भरमार है। भारत के सभी राज्यों में सबसे लंबा समुद्र तट गुजरात में (1600 किमी) होते हुए, दूसरे स्थान पर इस राज्य का समुद्र तट (972 किमी) है।

आंध्र प्रदेश 12°41' तथा 22°उ°अक्षांश और 77 ° तथा 84°40' पू देशांतर रेखांश के बीच है, और उत्तर में महाराष्ट्र, छत्तीसगढ़ और उड़ीसा, पूर्व में बंगाल की खाड़ी, दक्षिण में तमिलनाडु और पश्चिम में कर्नाटक से घिरा हुआ है। ऐतिहासिक रूप से आंध्र प्रदेश को भारत का धान का कटोरा कहा जाता है।

यहाँ की फसल का 77 प्रतिशत से अधिक हिस्सा चावल है। इस राज्य में दो प्रमुख नदियाँ, गोदावरी और कृष्णा बहती हैं। पुदुचेरी (पांडिचेरी) राज्य के यानम जिले का छोटा अंतःक्षेत्र (12 वर्ग मील (30 वर्ग किमी)) इस राज्य के उत्तरी-पूर्व में स्थित गोदावरी डेल्टा में है। ऐतिहासिक दृष्टि से राज्य में शामिल क्षेत्र आंध्रपथ, आंध्रदेस, आंध्रवाणी और आंध्र विषय के रूप में जाना जाता था। आंध्र राज्य से आंध्र प्रदेश का गठन 1 नवंबर 1956 को किया गया।

ऐतरेय ब्राह्मण (ई.पू.800) और महाभारत जैसे संस्कृत महाकाव्यों में आंध्र शासन का उल्लेख किया गया था। भरत के नाट्यशास्त्र (ई.पू. पहली सदी) में भी आंध्र जाति का उल्लेख किया गया है। भट्टीप्रोलु में पाए गए शिलालेखों में तेलुगू भाषा की जड़ें खोजी गई हैं।

चंद्रगुप्त मौर्य (ई.पू. 322-297) के न्यायालय का दौरा करने वाले मेगस्थनीस ने उल्लेख किया है कि आंध्र देश में 3 गढ़ वाले नगर और 100,000 पैदल सेना, 200 घुड़सवार फौज और 1000 हाथियों की सेना थी। बौद्ध पुस्तकों से प्रकट होता है कि उस समय आंध्रवासियों ने गोदावरी क्षेत्र में अपने राज्यों की स्थापना की थी। अपने 13वें शिलालेख में अशोक ने हवाला दिया है कि आंध्रवासी उसके अधीनस्थ थे।

शिलालेखीय प्रमाण दर्शाते हैं कि तटवर्ती आंध्र में कुबेरका द्वारा शासित एक प्रारंभिक राज्य था, जिसकी राजधानी प्रतिपालपुरा (भट्टीप्रोलु) थी। यह शायद भारत का सबसे पुराना राज्य है। लगता है इसी समय धान्यकटकम-धरणीकोटा (वर्तमान अमरावती) महत्वपूर्ण स्थान रहे हैं, जिसका गौतम बुद्ध ने भी दौरा किया था। प्राचीन तिब्बती विद्वान तारानाथ के अनुसार, अपने ज्ञानोदय के अगले वर्ष चैत्र मास की पूर्णिमा को बुद्ध ने धान्यकटकम के महान स्तूप के पास महान नक्षत्र (कालचक्र) मंडलों का सूत्रपात किया।

मौर्यों ने ई.पू. चौथी शताब्दी में अपने शासन को आंध्र तक फैलाया। मौर्य वंश के पतन के बाद ई.पू. तीसरी शताब्दी में आंध्र शातवाहन स्वतंत्र हुए। 220 ई. सदी में शातवाहन के पतन के बाद, इक्ष्वाकु राजवंश, पल्लव, आनंद गोत्रिका, विष्णुकुंडीना, पूर्वी चालुक्य और चोल ने तेलुगू भूमि पर शासन किया। तेलुगू भाषा का शिलालेख प्रमाण, 5वीं ईस्वी सदी में रेनाटी चोला (कडपा क्षेत्र) के शासन काल के दौरान मिला। अपनी राजधानी विनुकोंडा से शासन करने वाले विष्णुकुंडीन राजाओं ने तेलुगू को राजभाषा बनाया। विष्णुकुंडीनों के पतन के बाद पूर्वी चालुक्यों ने अपनी राजधानी वेंगी से लंबे समय तक शासन किया। पहली ईस्वी सदी

में ही चालुक्यों के बारे में उल्लेख किया गया कि वे शातवाहन और बाद में इक्ष्वाकुओं के अधीन जागीरदार और मुखिया के रूप में काम करते थे। 1022 ई. के आस-पास चालुक्य शासक राजराज नरेंद्र ने राजमंड्री पर शासन किया।

पल्नाडु की लड़ाई के परिणामस्वरूप पूर्वी चालुक्यों की शक्ति क्षीण हो गई और 12वीं और 13वीं सदी में काकतीय राजवंश का उदय हुआ। काकतीय, वारंगल के छोटे प्रदेश पर शासन करने वाले राष्ट्रकूटों के प्रथम सामंत थे। सभी तेलुगू भूमि को काकतीयों ने एकजुट किया। 1323 ई. में दिल्ली के सुल्तान गियास-उद-दीन तुगलक ने उला खान के तहत तेलुगू देश को जीतने और वारंगल को कब्जे में करने के लिए बड़ी सेना भेजी। राजा प्रतापरुद्र बंदी बनाए गए। 1326 ई. में मुसुनूरी नायकों ने दिल्ली सल्तनत से वारंगल को छुड़ा कर उस पर पुनः कब्जा किया और पचास वर्षों तक शासन किया। उनकी सफलता से प्रेरित होकर, वारंगल के काकतीयों के पास राजकोष अधिकारियों के तौर पर काम करने वाले हरिहर और बुक्का ने विजयनगर साम्राज्य की स्थापना की, जो कि आंध्र प्रदेश और भारत के इतिहास में सबसे बड़ा साम्राज्य है। दिल्ली सल्तनत के खिलाफ विद्रोह करते हुए अला-उद-दीन हसन गंगू द्वारा दक्षिण भारत में एक स्वतंत्र मुस्लिम राष्ट्र, बहमनी राज्य की स्थापना की गई। 16वीं सदी के प्रारंभ से 17वीं सदी के अंत तक लगभग दो सौ वर्षों के लिए कुतुबशाही राजवंश ने आंध्र देश पर आधिपत्य जमाया।

भूगोल और जलवायु

आमतौर पर आंध्र प्रदेश की जलवायु गर्म और नम है। राज्य की जलवायु का निर्धारण करने में दक्षिण पश्चिम-मानसून की प्रमुख भूमिका है। लेकिन आंध्र प्रदेश में सर्दियाँ सुखद होती हैं। यह वह समय है, जब राज्य कई पर्यटकों को आकर्षित करता है। आंध्र प्रदेश में ग्रीष्मकाल मार्च से जून तक चलता है। इन महीनों में तापमान काफी ऊँचा रहता है। तटीय मैदानों में गर्मियों का तापमान आमतौर पर राज्य के बाकी जगहों की

तुलना में अधिक होता है। गर्मियों में, आमतौर पर तापमान 20 डिग्री सेल्सियस और 40 डिग्री सेल्सियस के बीच रहता है। गर्मी के दिनों में कुछ स्थानों पर तापमान उच्चतम 45 डिग्री तक भी पहुँचता है।

आंध्र प्रदेश में जुलाई से सितंबर उष्ण कटिबंधीय बारिश का मौसम होता है। इन महीनों के दौरान राज्य में भारी वर्षा होती है। आंध्र प्रदेश में कुल वर्षा का लगभग एक तिहाई अंश पूर्वोत्तर मानसून की वजह से होता है। अक्टूबर महीने के आस-पास राज्य में सर्दी का मौसम आता है। आंध्र प्रदेश में अक्टूबर, नवंबर, दिसंबर, जनवरी और फरवरी सर्दी के महीने हैं। राज्य का तटीय इलाका काफी लंबा होने की वजह से सर्दियों में मौसम बहुत ठंडा नहीं होता है। सर्दियों में तापमान का विस्तार आम तौर पर 13 डिग्री सेल्सियस से 30 डिग्री सेल्सियस के बीच रहता है।

गर्मी के महीनों के दौरान राज्य का दौरा करने के लिए आपको गर्मी के कपड़ों की अच्छी तैयारी करने की जरूरत पड़ेगी। मौसम का अच्छी तरह सामना करने के लिए सूती कपड़े उपयुक्त हैं। चूँकि वर्ष के अधिकांश भाग के दौरान आंध्रप्रदेश की जलवायु अनुकूल नहीं है, राज्य का दौरा करने के लिए अक्टूबर से फरवरी के बीच का समय अच्छा है।

तेलुगू राज्य की राजभाषा है, जो 88.5 प्रतिशत जनसंख्या द्वारा बोली जाती है। भारत की अत्यधिक बोली जाने वाली भाषाओं में तेलुगू का तीसरा स्थान है। राज्य में प्रमुख भाषायी अल्पसंख्यक समूहों में उर्दू 8. 63 प्रतिशत) और हिन्दी (0.63 प्रतिशत) तथा तमिल (1.01 प्रतिशत) बोलने वाले शामिल हैं। भारत सरकार ने 1 नवंबर, 2008 को एक शास्त्रीय और प्राचीन भाषा के रूप में तेलुगू को नामित किया। आंध्रा में 1 प्रतिशत से कम बोली जाने वाली अन्य भाषाओं में कन्नड़ (0.94 प्रतिशत), मराठी (0.84 प्रतिशत), उड़िया (0.42 प्रतिशत), गोंडी (0.21 प्रतिशत) व मलयालम (0.1 प्रतिशत) हैं। यहाँ 0.1 प्रतिशत से कम बोली जाने वाली भाषाओं में गुजराती (0.09 प्रतिशत), सावरा (0.09 प्रतिशत), कोया (0.08 प्रतिशत), जटपु (0.04 प्रतिशत), पंजाबी (0.04 प्रतिशत),

कोलमी (0.03 प्रतिशत), कोंडा (0.03 प्रतिशत), गडबा (0.02 प्रतिशत), सिंधी (0.02 प्रतिशत), गोरखाली-नेपाली (0.01 प्रतिशत) और खोंड /कोंध (0.01 प्रतिशत) शामिल हैं।

आंध्र प्रदेश का मुख्य जातीय समूह तेलुगू लोग हैं, जो मुख्यतः आर्य और द्रविड की मिश्रित जाति से संबंधित हैं।

अर्थव्यवस्था

राज्य की अर्थव्यवस्था के लिए आय का मुख्य स्रोत कृषि रही है। भारत की चार महत्वपूर्ण नदियाँ, यथा गोदावरी, कृष्णा, पेन्ना और तुंगभद्रा राज्य में सिंचाई प्रदान करते हुए प्रवाहित होती हैं। चावल, गन्ना, कपास, मिर्ची (काली मिर्च), आम और तम्बाकू स्थानीय फसल हैं। हाल ही में, वनस्पति तेल के उत्पादन के लिए प्रयुक्त फसल, जैसे कि सूरजमुखी और मूँगफली ने समर्थन पाया है। गोदावरी नदी घाटी सिंचाई परियोजना और दुनिया में सर्वोच्च, पत्थरों से बने नागार्जुन सागर बाँध सहित, कई बहु राज्य सिंचाई परियोजनाएँ विकासाधीन हैं।

राज्य ने सूचना प्रौद्योगिकी और जैव-प्रौद्योगिकी के क्षेत्रों पर भी ध्यान केंद्रित करना शुरू कर दिया है। 2012-2013 में आंध्र प्रदेश भारत के सर्वोच्च निर्यातकों की सूची में चौथे स्थान पर रहा था। आंध्र प्रदेश एक खनिज समृद्ध राज्य है, जो खनिज संपदा के मामले में भारत में दूसरे स्थान पर है। 30 अरब टन के अनुमान सहित, भारत के चूना पत्थर भंडार का एक तिहाई इस राज्य में है। कृष्णा गोदावरी घाटी में प्राकृतिक गैस और पेट्रोलियम के विशाल भंडार हैं। राज्य, कोयले के भंडार की बड़ी संपदा से भी समृद्ध है। राष्ट्रीय स्तर 11 फीसदी की भागीदारी के साथ, देशभर में जल विद्युत उत्पादन के मामले में राज्य पहले स्थान पर है।

व्यंजन

आंध्र प्रदेश के व्यंजन, सभी भारतीय व्यंजनों में सबसे ज्यादा मसालेदार के रूप में विख्यात हैं। भौगोलिक क्षेत्र, जाति, परंपराओं के आधार पर

आंध्र व्यंजन में कई भिन्नताएं हैं। अचार और चटनी, जिसे तेलुगू में पच्चडी कहा जाता है, आंध्र प्रदेश में विशेष रूप से लोकप्रिय है और कई किस्म के अचार और चटनी इस राज्य की विशेषता है। टमाटर, बैंगन और अंबाडा (गोंगूरा) सहित व्यावहारिक तौर पर प्रत्येक सब्जी से चटनी बनाई जाती है। आम के अचारों में संभवतः आवकाय आंध्र के अचारों में सर्वाधिक प्रसिद्ध है। चावल प्रधान भोजन है और इसका प्रयोग विविध तरीकों से किया जाता है। आमतौर पर, चावल को या तो उबाला जाता है और सब्जी के साथ खाया जाता है, या फिर लपसी बना ली जाती है, जो पतली परत जैसा पकवान अट्ठु (पेसरट्ठु - जो चावल और मूंग दाल के मिश्रण से बनता है) या डोसा बनाने के लिए प्रयुक्त होता है। मांस, तरकारियाँ और साग से विभिन्न मसालों के साथ विविध खुशबूदार स्वादिष्ट व्यंजन तैयार किए जाते हैं।

हैदराबादी पाक-शैली मुसलमानों से प्रभावित है, जो 14वीं सदी में तेलंगाना में आए थे। अधिकतर व्यंजन मांस के इर्द-गिर्द घूमते हैं। मोहक मसालों और घी के अधिक इस्तेमाल से बने ये व्यंजन स्वादिष्ट और खुशबूदार होते हैं। मांसाहारी व्यंजन में मेमने, मुर्गी और मछली का मांस सबसे अधिक व्यापक रूप से प्रयुक्त होता है। हैदराबादी व्यंजनों में सबसे विशिष्ट और लोकप्रिय व्यंजन शायद बिरयानी है।

नृत्य

जयपा सेनानी (जयपु नायडू) पहले व्यक्ति हैं, जिन्होंने आंध्र प्रदेश में प्रचलित नृत्यों के बारे में लिखा है। नृत्य के दोनों, देसी और मार्गी रूपों को संस्कृत पुस्तक 'नृत्य रत्नावली' में शामिल किया गया है। इसमें आठ अध्याय हैं।

लोक-नृत्य के रूप यथा पेरनी, प्रेरंखना, शुद्ध नर्तन, सरकारी, रासका, दंड रासका, शिव प्रिया, कंदुक नर्तन, भंडिका नृत्यम्, चरण नृत्यम्, चिंदु, गोंडली और कोलाटम का वर्णन किया गया है। पहले अध्याय में लेखक ने मार्ग और देसी, तांडव और लास्य, नाट्य और नृत्य के बीच मतभेद

की चर्चा की है। दूसरे और तीसरे अध्याय में आंगिक-अभिनय, चारिस, स्थानक और मंडलों की चर्चा की है। चौथे अध्याय में करण, अंगहार और रेचक वर्णित हैं। बाद के अध्यायों में उन्होंने स्थानीय नृत्य रूपों अर्थात् देसी नृत्य का वर्णन किया है। अंतिम अध्याय में उन्होंने कला और नृत्य के अभ्यास का वर्णन किया है।

आंध्र में शास्त्रीय नृत्य, पुरुष और महिलाओं, दोनों द्वारा किया जा सकता है, लेकिन अधिकांशतः महिलाएँ ही इसे सीखती हैं। कुचिपूड़ी राज्य का सर्वाधिक प्रसिद्ध शास्त्रीय नृत्य रूप है। राज्य के इतिहास में विद्यमान विभिन्न नृत्य रूप हैं : चेंचु भागोतम, कुचिपूड़ी, भामाकलापम, बुर्रकथा, वीरनाट्यम, बुट्ट बोम्मलु, डप्पु, तप्पेट गुल्लु, लंबाडी, बोनालु, धीम्सा, कोलाट्टम और चिंदु।

त्योहार

जनवरी में संक्रांति

फरवरी-मार्च में महा शिवरात्रि

मार्च में होली

मार्च-अप्रैल में युगादि या तेलुगू नववर्ष

मार्च-अप्रैल में युगादि के 9 दिनों के बाद श्री राम नवमी

अगस्त में वरलक्ष्मी व्रतम, राखी पूर्णिमा, विनायक चतुर्थी।

सितंबर-अक्टूबर में दशहरा।

आश्विन महीने में शुक्ल पक्ष के तीसरे दिन अट्ल तद्दी (यह ग्रिगोरियन कैलेंडर के सितंबर-अक्टूबर में आता है)।

दशहरा के 20 दिन बाद अक्टूबर-नवंबर में दीपावली।

ईद-उल-फित्र, बक्र-ईद, मुहर्रम

श्रावण में बोनालु (तेलंगाना क्षेत्र में मनाया जाता है)

दुर्गाष्टमी के दौरान 9 दिनों के लिए बतुकम्मा मनाया जाता है।

नवरोज

क्रिसमस

संगीत

राज्य के पास संगीत की बहुमूल्य विरासत है। कर्नाटक संगीत की त्रिमूर्ति त्यागराज, अन्नमाचार्य, क्षेत्रय्या सहित भद्राचल रामदास जैसी कर्नाटक संगीत की कई महान विभूतियाँ तेलुगू वंशस्थ थीं। महान मैंडोलिन वादक, मैंडोलिन श्रीनिवास भी आंध्र प्रदेश से हैं। राज्य के ग्रामीण क्षेत्रों में लोक गीत भी लोकप्रिय हैं। महान कर्नाटक गायक, श्री मंगलमपल्ली बालमुरलीकृष्ण भी तेलुगू वंश से हैं, जिन्होंने कर्नाटक संगीत के कुछ और रागों का आविष्कार किया।

धर्म

आंध्र प्रदेश सभी जातियों के हिंदू संतों का घर है। एक महत्वपूर्ण पिछड़ी जाति की हस्ती, संत योगी श्री पोतुलूरी वीर ब्रह्मेंद्र स्वामी विश्वब्राह्मण (सुनार) जाति में पैदा हुए थे, जिनके शिष्यों में ब्राह्मण, हरिजन और मुस्लिम शामिल थे। मछुआरा रघु भी शूद्र थे। संत काकय्या छुरा (मोची) हरिजन संत थे।

कई महत्वपूर्ण आधुनिक हिंदू संत आंध्र प्रदेश से हैं। इनमें शामिल हैं निंबार्क, जिन्होंने द्वैताद्वैत की स्थापना की, अरविंद मिशन की माँ मीरा जिन्होंने भारतीय स्वतंत्रता का समर्थन किया, श्री सत्य साई बाबा जो पूजा में धार्मिक एकता का समर्थन करते हैं, स्वामी सुंदर चैतन्यानंदजी।

इस प्रकार आंध्र संत-महात्माओं की पावन स्थली है, जो भारत के लिए गौरव की बात है और तिरुपति तो तीर्थों का भी तीर्थ है।

तिरुपति में मंदिर निर्माण

❋

तिरुपति में बालाजी भगवान् का मंदिर कब बनाया गया, इसके बारे में विद्वानों में मतभेद हैं। एक दंतकथा के मुताबिक भगवान् विष्णु ने यहाँ विश्राम किया था। इसके लिए गरुण ने बैकुंठ से पुष्करिणी सरोवर यहाँ स्थापित किया। मान्यता है कि बैकुंठ एकादशी को भगवान् यहाँ प्रगट होते हैं और इस दिन पुष्करिणी में स्नान करने और भगवान् के दर्शन से मनुष्य के सब पाप धुल जाते हैं। पुराण और शास्त्रों में भी इसका उल्लेख है। दूसरी ओर मंदिर निर्माण को लेकर इतिहासकारों की अलग-अलग राय है। लेकिन पाँचवीं शताब्दी से यह मंदिर प्रमुख धार्मिक स्थल बना हुआ है। तमिल राजा थोडेईमान के बाद चोल और कांचीपुरम के पल्लव शासकों ने 15वीं शताब्दी तक इस मंदिर का संवर्धन किया। इसके बाद विजयनगर के शासक कृष्णदेवराय ने इस मंदिर की महत्ता बरकरार रखी।

तिरुपति के श्री वेंकटेश्वर मंदिर को भव्य स्वरूप प्रदान करने का श्रेय राजा कृष्णदेवराय को जाता है। यहाँ राजा कृष्णदेवराय एवं उनकी दो रानियों की धातु की प्रतिमाएँ भी स्थापित हैं। वहीं उनके वंशज राजा अच्युत राय और उनकी रानियों की प्रतिमाएँ भी हैं। तीन प्राकारों से घिरे शानदार गोपुरम वाले इस मंदिर के गर्भगृह में वेंकटेश्वर भगवान् की सवा दो मीटर ऊँची काले पाषाण की प्रतिमा है। जो अमूल्य रत्नों से सुशोभित है। इनके दोनों ओर श्रीदेवी एवं भूदेवी विराजमान हैं। गर्भगृह के शिखर पर स्वर्णमंडित आनंद निलयम विमान है। मुख्य मंदिर के सामने ध्वज स्तंभ है और पास ही पुष्करणी सरोवर है। दक्षिण भारत में कई मंदिर पहले के राजाओं द्वारा बनवाए हुए भी हैं। बाद में विजयनगर के राजाओं ने अपनी शैली की कुछ संरचनाएं जोड़कर उन्हें अधिक भव्य बना दिया।

तिरुमला का मंदिर पहले यहाँ के भक्त महंतों के अधिकार में था। अंतिम महंतों में श्री हाथीरामजी का नाम प्रसिद्ध है। अंग्रेजों के शासनकाल में भी यह मंदिर प्रसिद्ध रहा है। महंतों द्वारा मंदिर की व्यवस्था में शिथिलता का अनुभव कर सरकार ने महंतों के हाथ से सत्ता छीन ली और एक समिति बनाकर उसे यह सत्ता सौंप दी। 1933 ई. से यह समिति जो देवस्थानम समिति कहलाती है, मंदिर की व्यवस्था करती है।

तिरुपति तमिल भाषा का शब्द है। तिरु का अर्थ श्री एवं पति का अर्थ प्रभु है। अतः तिरुपति का तात्पर्य श्रीपति याने श्रीविष्णु हुआ। इसी प्रकार तिरुमला का अर्थ श्रीपर्वत हुआ। तिरुमला वह पर्वत है, जिस पर लक्ष्मी के साथ स्वयं विष्णु विराजमान हैं। तिरुपति इस पर्वत के नीचे बसा हुआ नगर है। तिरुपति से तिरुमला जाने के लिए दो मार्ग हैं : एक पैदल और दूसरा बस द्वारा। पैदल मार्ग लगभग सात मील है और बसवाला मार्ग लगभग 14 मील। बस मार्ग 1942 ई. में देवस्थानम ने 20 लाख रुपए व्यय कर बनवाया था। इससे यात्रियों को बड़ी सुविधा हो गई है।

देवस्थानम द्वारा प्रमुख रूप में पाँच मंदिरों का निर्वहण किया जाता है। ये पाँच मंदिर इस प्रकार हैं : तिरुमला का सब से प्रमुख मंदिर श्री वेंकटेश्वर का मंदिर, तिरुपति के तीन मंदिर गोविंदराज का मंदिर, कोदंडरामस्वामी का मंदिर और कपिलतीर्थ में श्री कपिलेश्वर का मंदिर तथा तिरुचानूर (मंगापुरम्) में पद्मावती का मंदिर। इस मंदिर में आनेवाले यात्रियों की संख्या बहुत अधिक है। इसी तरह मंदिर की आय भी प्रचुर है। देवस्थानम की ओर से यात्रियों की सुविधा का प्रबंध किया गया है। सन् 1954 ई. में तिरुपति में श्री वेंकटश्वर के नाम से श्री वेंकटेश्वर विश्वविद्यालय की स्थापना की गई। देवस्थानम की ओर से इसे प्रतिवर्ष कई लाख की सहायता दी जाती है। विश्वविद्यालय की स्थापना के बाद से इस नगर की उन्नति तेजी से होती जा रही है। अब इसका द्विविध महत्व है : धार्मिक केंद्र के रूप में तथा शिक्षाकेंद्र के रूप में।

विश्व का सबसे समृद्धशाली मंदिर

❋

तिरुपति मंदिर भारत के सर्वाधिक धनवान मंदिरों में से एक माना जाता है। आए दिन यहाँ पर देश-विदेश के भक्त करोड़ों रुपयों का चढ़ावा चढ़ाते हैं। कुछ साल पूर्व यहाँ पर आकर बॉलीवुड अभिनेता अमिताभ बच्चन ने 12 करोड़ रुपये का दान करके पूरे देश को चौंका दिया था। इसकी लोकप्रियता का आलम यह है कि किसी भी समय पर यहाँ पर आप कम लोगों के रहने की उम्मीद नहीं कर सकते। भगवान् वेंकटेश्वर के दर्शन के लिए यहाँ पर लोग दूर-दूर से चलकर आते हैं।

यहाँ पर जो लोग दान देते हैं, वह एक पौराणिक मान्यता के अनुसार देते हैं। माना जाता है कि भगवान् वेंकटेश्वर के चरणों में भक्तगण हीरे की थैली भी भेंट करते हैं। मान्यताओं के अनुसार जो भी यहाँ माँगा जाता है वह पूरा होता है। ये सात पहाड़ों वाला मंदिर सात पहाड़ों से मिलकर बना है, तिरुपति मंदिर तिरुमला पहाड़ पर स्थित है। इन सातों पहाड़ों को शेषाचलमया वेंकटाचलम भी कहते हैं। तिरुमला पहाड़ की चट्टानें पूरे विश्व में दूसरी सबसे पुरानी चट्टानें हैं। यह मंदिर समुद्र से 28 सौ फीट की ऊँचाई पर स्थित है। तिरुपति एक महत्वपूर्ण तीर्थस्थान है, जहाँ भक्त अपने भगवान् की एक झलक पाने के लिए घंटों लाइन में खड़े रहते हैं। अद्भुत वास्तुकला से युक्त यह मंदिर आंध्रप्रदेश के चित्तूर जिले में स्थित है। इसे तमिल शासकों ने बनाया था। बाद के समय में चोल और तेलुगू राजाओं ने इसे और विकसित किया। यही वजह है कि इस पर द्रविडियन-तमिल कला की स्पष्ट छाप देखी जा सकती है। वास्तव में, मंदिर की वास्तुकला अद्भुत है।

विजयनगर के राजा कृष्णदेवराय ने इस मंदिर में सोना, हीरे-जवाहरात आदि का दान दिया था। उसी समय से भक्तगण इस मंदिर को हृदय खोलकर दान देते आ रहे हैं। इस मंदिर का गोपुरम आकर्षण का मुख्य केंद्र है। मंदिर के गर्भगृह के ऊपर स्थित है आनंद निलयम, जो पूरी तरह सोने की प्लेटों से बना है। मंदिर की बनावट देखें तो मंदिर को तीन भागों में बाँटा जा सकता है। बाहरी प्रांगण को ध्वजास्तंभ कहते हैं। मंदिर स्थल पर विजयनगर के राजा कृष्णदेवराय और उनकी पत्नी की मूर्ति भी स्थापित है। इसके अलावा, अकबर के एक मंत्री टोडरमल की मूर्ति भी लगी हुई है। मुख्य मंदिर में भगवान् की मूर्ति रखी हुई है, जिसमें भगवान् विष्णु और शिव दोनों का रूप समाया हुआ है। 2005 में तमिलनाडु के एक व्यवसायी ने एक कीमती सुनहरा मुकुट भेंट किया। इसमें कीमती अमरीकी डायमंड जड़े हुए थे। 2006 में भगवान् वेंकटेश्वर को सबसे कीमती कुंडल चढ़ाया गया। इसे चेन्नई के एक भक्त ने चढ़ाया था। धन, दौलत और शोहरत जिस भी दृष्टि से देखा जाए यह मंदिर वैभव की एक अलग मिशाल रखता है। तिरुपति बालाजी मंदिर विश्व भर के हिंदुओं का प्रमुख वैष्णव तीर्थ है। वैभव के हिसाब से यह दुनिया के सबसे धनी देवता हैं। इस मंदिर की समृद्धि को संभालना भी एक महत्वपूर्ण काम है। इसलिए तिरुपति देव की संपत्तियों की जिम्मेदारी देवस्थानम की देखरेख करने वाले ट्रस्ट के पास है। हिंदू धर्मावलंबी तिरुपति बालाजी के दर्शन अपने जीवन का ऐसा महत्वपूर्ण पल मानते हैं, जो जीवन को सकारात्मक दिशा देता है। इस मंदिर की यात्रा कर श्रध्दालु स्वयं को धन्य मानते हैं। देश-विदेश के हिंदू भक्त और श्रद्धालुगण यहाँ आकर यथाशक्ति दान करते हैं, जो धन, हीरे, सोने-चांदी के आभूषणों के रूप में होता है। इसी दान के कारण भगवान् तिरुपति को सबसे वैभवशाली होने की संज्ञा दी गई है। भारत के अमीर लोगों की बात करें तो शायद ही कोई श्रद्धालु होगा जिसने यहाँ दिल खोलकर दान न किया हो। सोना और हीरा जड़ित चढ़ावा तिरुमला तिरुपति देवस्थानम के खजाने में नियमित रूप से चढ़ते रहते हैं। पिछले कुछ सालों में ऐसे चढ़ावे कुछ

अधिक ही आ रहे हैं। इनमें सोने का तोता से लेकर सुनहरी झींगा मछली तक हैं।

2005 में इस मंदिर में रिकॉर्ड धन दान में आया, जिसमें गुप्त धन भी था और इसके कुछ दिन बाद बेशकीमती हार चढ़ाए गए, उनका मूल्य 1.01 करोड़ रुपए के करीब था। किसी भक्त ने 50 लाख से अधिक की सोने की चेन देवी पद्मावती को भी भेंट की थी। माना जाता है कि दान की यह परंपरा विजयनगर के राजा कृष्णदेवराय द्वारा शुरू की गई, उसी समय से भक्तगण इस मंदिर को खूब दान देते आ रहे हैं।

मूल तो मूल यदि हम ब्याज की बात भी करें तो बालाजी भगवान् को अपने डिपॉजिट पर आपसे अधिक ब्याज मिल रहा है। सुनने में ये बात आपको थोड़ी अजीब अवश्य लग सकती है, लेकिन ये सोलह आने सच है। तिरुपति बालाजी के दरबार से डिपॉजिट जुटाने के लिए बैंकों में होड़ सी लग गई। और 3,000 करोड़ रुपये के खजाने के लिए बैंक 1.25 फीसदी ज्यादा ब्याज देने के लिए भी तैयार हो गए हैं।

तिरुपति के भगवान् बालाजी को दुनिया के सबसे अमीर भगवान् माना जाता है। कहते हैं जो भी यहाँ आता है, उसकी मुराद अवश्य पूरी होती है। इन्हें पूजने वालों की लिस्ट में हर तरह के लोग हैं। लेकिन भगवान् का आशीर्वाद पाने के लिए दरबार में देश के बड़े बैंक भी आ गए हैं।

दरअसल बैंकों की नजर थी भगवान् को चढ़ावा के रूप में मिले 3,000 करोड़ रुपये के भारी-भरकम खजाने पर। इसे पाने के लिए बैंक न सिर्फ कतार में शामिल हुए, बल्कि भगवान् की महिमा ऐसी कि 1 साल के डिपॉजिट पर बैंक करीब 10 फीसदी का ब्याज देने को भी तैयार हो गए। ये आपको मिलने वाले ब्याज से करीब 1.25 फीसदी ज्यादा है। रिटेल ग्राहकों को 1 साल के डिपॉजिट पर 8.5-8.75 फीसदी का ब्याज मिलता है। वेंकटेश्वर मंदिर की व्यवस्था संभालने वाले ट्रस्ट तिरुमला तिरुपति देवस्थानम ने इस डिपॉजिट के लिए बाकायदा बैंकों के बीच नीलामी करवाई। और टाइमिंग ऐसी कि बैंकों ने इसमें बढ़-चढ़कर हिस्सा लिया।

कारोबारी साल खत्म होने से ठीक पहले बैंकों को टारगेट पूरा करना होता है। इसलिए इस बड़े डिपॉजिट को पाने के लिए वो ज्यादा ब्याज देने से भी नहीं हिचके। बल्क डिपॉजिट की सीमा तय होने से सरकारी बैंकों ने इस नीलामी में हिस्सा नहीं लिया।

मामला काफी दिलचस्प है। अब देखना होगा अपने पैसे पर अधिक ब्याज लेने के मामले में भगवान् तिरुपति बालाजी को कौन टक्कर देता है। मुकाबला बहुतों से है जिसमें मुंबई के दुःखहर्ता सिद्धिविनायक भगवान् गणेश भी हैं। शिरड़ी के साईं बाबा के मंदिर में भी भक्त लोग दिल खोल कर दान देते हैं।

अनेक श्रद्धालु यहाँ आकर मनोकामनाओं को पूरा करने और सुख समृद्धि के लिए प्रार्थना करते हैं। मनोरथ पूरा होने पर भगवान् की कृपा मानकर श्रद्धा और आस्था के साथ श्रद्धालु अपने सिर के बालों को कटवाते हैं। यहाँ प्रतिदिन हजारों की संख्या में तीर्थयात्री मुण्डन कराते हैं। यहाँ मंदिरों में इन कटे बालों से बहुत राजस्व मिलता है। साथ ही इनके निर्यात से विदेशी मुद्रा भी प्राप्त होती है। मुण्डन करने वाले लोगों को स्थानीय भाषा में तमिल मोत्ताई कहा जाता है।

तिरुपति बालाजी मंदिर में चढ़ावे के बाल की नीलामी की परंपरा है और इससे प्राप्त राशि को मंदिर के काम-काज में खर्च किया जाता है। 2013 में मंदिर में चढ़ाए गए 64,760 किग्रा बाल को 107 करोड़ रुपये में नीलाम किया गया। मंदिर से जुड़े एक ट्रस्टी ने बताया कि, तिरुपति के इतिहास में हुई ये अब तक की दूसरी सबसे बड़ी नीलामी है। इससे पहले 2012, जून में 130 करोड़ रुपये की नीलामी हुई थी।

भारत के इस सबसे समृद्ध मंदिर के कोश में लगभग आठ टन गहने हैं। 650 करोड़ रुपए की वार्षिक आय के साथ ही तिरुपति बालाजी भारत के सबसे अमीर भगवान् हैं। मंदिर के राजस्व का दसवाँ हिस्सा दान के बालों की नीलामी से आता है।

दुनियाभर में बालों के निर्यात का व्यापार काफी फल-फूल रहा है।

इन बालों का प्रयोग विग इत्यादि बनाने में किया जाता है। बालों की नीलामी के लिए सबसे पहले बालों को कई तरह के वर्गों में बाँटा जाता है। लंबे, मझले और छोटे। इसके बाद इसकी ई-नीलामी की जाती है। इस दौरान बालों की गुणवत्ता का भी पूरा ख्याल रखा जाता है। दान करने वालों में कुछ वृद्ध भी होते हैं, लेकिन ग्रे बालों की नीलामी न के बराबर ही होती है। यूरोप और अमेरिका में स्वस्थ और सीधे बालों की माँग है। वहीं चीन में छोटे बालों का व्यापार ज्यादा समृद्ध है। अपना बॉलीवुड भी इन बालों का अच्छा ग्राहक है। जहाँ अभिनेता-अभिनेत्रियों के विग के लिए इसका इस्तेमाल किया जाता है।

धन-संपत्ति ही नहीं यहाँ भूमि भी बड़ी मात्रा में समय-समय पर दान में मिली है। लेकिन कई बार भू-संपदा को लेकर विवाद भी सामने आते हैं। ऐसे ही कंचना द्वारा दी गई भूमि पर भी विवाद सामने आ चुका है। हालाँकि आंध्र प्रदेश के तिरुमला स्थित भगवान् वेंकटेश्वर मंदिर का प्रबंधन संभालने वाले तिरुमला तिरुपति देवस्थानम ने भरोसा दिलाया है कि गुजरे जमाने की अदाकारा कंचना की ओर से दान में दी गई जमीन न तो बेची जाएगी और न ही वाणिज्यिक उद्देश्यों के लिए इस्तेमाल में लाई जाएगी।

तिरुमला तिरुपति देवस्थानम से जुड़े एक अधिकारी आई वाई आर कृष्णा राव ने बताया कि कंचना ने आध्यात्मिक, सांस्कृतिक या धार्मिक उद्देश्यों के लिए जगह का इस्तेमाल करने और इसे न बेचने का अनुरोध किया था। हम उन्हीं की इच्छा से मिलती-जुलती किसी योजना पर काम कर रहे हैं। वसुंधरा देवी उर्फ कंचना और उनकी बहन गिरिजा पांडेय ने 4500 वर्ग फीट खाली जमीन सहित 9360 वर्ग फीट की संपत्ति दान में दी थी। भगवान् वेंकटेश्वर के मंदिर के प्रशासक तिरुमला तिरुपति देवस्थानम (टीटीडी) ने 2012-2013 के लिए 2010 करोड़ रुपये के बजट को मंजूरी दी थी, जो अपने आप में एक रिकॉर्ड है।

टीटीडी अध्यक्ष के बापीराजू एवं कार्यकारी अधिकारी एल वी

सुब्रमण्यम के अनुसार, मंदिर की हुंडी से करीब 800 करोड़ रुपये तथा विभिन्न दर्शन एवं अनुष्ठान टिकटों की बिक्री से करीब 212 करोड़ रुपये आने की संभावना है।

टीटीडी की ओर से राष्ट्रीयकृत बैंकों में जमा की गई राशि पर 2013-14 के वित्तीय वर्ष में अनुमानतः 475 करोड़ रुपये ब्याज तथा मनुष्यों के बालों की नीलामी से करीब 145 करोड़ रुपये आने का आकलन है। तिरुपति मंदिर दिन-प्रतिदिन धनवान होता जा रहा है। इसमें इतना धन आ चुका है कि ब्याज सहित कुबेर का ऋण तो बालाजी जब चाहें, तब चुका सकते हैं। लेकिन अब देखना यह है कि भगवान् अपना ऋण चुकाने के बाद स्वयं कितने धनी बनेंगे और उनके भक्त कितने धनवान, परंतु यह क्रम तो कम से कम कलियुग की समाप्ति तक चलता ही रहेगा।

विश्वभर में बन रहे हैं बालाजी के मंदिर

❋

भगवान् तिरुपति बालाजी पर किसी राष्ट्र की सीमाओं का बंधन नहीं है। आधुनिक संस्कृति के रंग में रंगे लंदन तक बालाजी के भक्तों की भरमार है। यही कारण है कि जहाँ भारत के कई नगरों में वेंकटेश्वर भगवान् के मंदिरों का निर्माण जारी है, वहीं आंग्लों के देश में तिरुपति बालाजी के मंदिर बन रहे हैं।

इसी संदर्भ में हम आपको बता दें कि पिछले दिनों ब्रिटेन में एक शीर्ष बिशप ने देश में हिंदू और ईसाई समुदाय के बीच बढ़ती मैत्री का संदेश देने के लिए यूरोप के सबसे बड़े हिंदू मंदिर में दर्शन किए। कैंटरबरी रोवान विलियम्स के आर्कबिशप ने पश्चिम-मध्य इंग्लैंड के बर्मिंघम में टिविडाले के श्री वेंकटेश्वर बालाजी मंदिर में दर्शन किए। विलियम्स के मुताबिक उन्होंने मंदिर न्यासियों के निमंत्रण को मैत्री के संदेश के तौर पर स्वीकार किया। इस अवसर पर मौजूद चुनिंदा लोगों में ब्रिटेन में भारत के उच्चायुक्त शिवशंकर मुखर्जी, जाने-माने एनआरआई, उद्योगपति और हिंदुजा समूह के चेयरमैन और अध्यक्ष क्रमशः एसपी हिंदुजा तथा जीपी हिंदुजा, होटल श्रृंखला के मालिक जोगिंदर सनगर थे। मंदिर की बहुधार्मिक भावनाओं को रेखांकित करते हुए आर्कबिशप विलियम्स ने मंदिर के चारों ओर आंध्रप्रदेश के तिरुपति मंदिर की तर्ज पर सात पहाड़ियों में से एक क्रिश्चियन पहाड़ी का उद्घाटन किया। विलियम्स ने पहाड़ी पर शांति के चिह्न के रूप में जैतून का एक पौधा भी रोपा। ब्रिटेन का बालाजी मंदिर भारतीय परंपरा के अनुरूप बना है। मंदिर में अनेक पूजास्थल हैं और बौद्ध स्थापत्य कला के अनुरूप बना हुआ एक सामुदायिक केंद्र भी है।

हरियाणा में भी तिरुपति बालाजी का मंदिर बनाया जा रहा है।

राजनेताओं का कहना है कि तिरुपति की तर्ज पर धर्मक्षेत्र कुरुक्षेत्र में बनने वाले भगवान् तिरुपति बालाजी मंदिर से कुरुक्षेत्र का नाम पूरे विश्व में चमकेगा। इस मंदिर का भव्य निर्माण करने के लिए करोड़ों रुपए का अनुमानित बजट तय किया गया है। ब्रह्मसरोवर के निकट और मल्टी आर्ट कल्चरल सेंटर के सामने 5.52 एकड़ जमीन पर बनने वाले इस मंदिर के लिए कुरुक्षेत्र विकास बोर्ड और तिरुमला तिरुपति देव स्थानम (टी.टी.डी.) के बीच 20 जनवरी 2012 को अनुबंध पर हस्ताक्षर हुए थे। जिला उपायुक्त मंदीप सिंह बराड़ की अध्यक्षता में लघु सचिवालय सभागार में के.डी.बी. कार्यकारी अधिकारी अशोक बंसल और टी.टी.डी. के स्टेट ऑफिसर रामाचंद्र रेड्डी ने दस्तावेजों पर हस्ताक्षर किए थे। टी.टी.डी. के 8 सदस्यीय दल ने मंदिर की जगह का मुआयना भी किया। रोचक पहलू यह है कि 25 फरवरी 2010 को मुख्यमंत्री भूपेंद्र सिंह हुड्डा ने टी.टी.डी. के अधिकारियों को कुरुक्षेत्र में मंदिर बनाने के लिए जमीन देने की घोषणा की थी।

इस भव्य मंदिर का मॉडल और प्लान भी तैयार कर लिया गया है। इस निर्माण कार्य पर करोड़ों रुपए खर्च होंगे। साऊथ इंडिया से विशेष पत्थर मँगवाकर ही इस मंदिर का निर्माण किया जाएगा।

उधर, मध्यप्रदेश के विज्ञान एवं प्रौद्योगिकी मंत्री कैलाश विजयवर्गीय का कहना है कि तिरुपति बालाजी की तर्ज पर विश्व प्रसिद्ध महाकालेश्वर मंदिर को भी बनाने का निरन्तर प्रयास किया जा रहा है। श्री विजयवर्गीय ने कहा कि प्रदेश के विकास में आम जनता का भरपूर सहयोग मिल रहा है। उन्होंने मंदिर के विकास में नंदीगृह का विस्तार कार्य में कारसेवा की।

उन्होंने बताया कि महाकालेश्वर मंदिर में प्रतिवर्ष दर्शनार्थियों को भीड़ बढ़ने के कारण मंदिर में निरन्तर विकास के कार्य हो रहे हैं। कालगणना के क्षेत्र में उज्जयिनी का नाम इतिहास के पन्नों में दर्ज है। दुनिया का चौथा तारा मंडल उज्जैन में स्थापित किया गया है।

तृतीय खण्ड

तिरुपति बालाजी के दुर्लभ चित्र

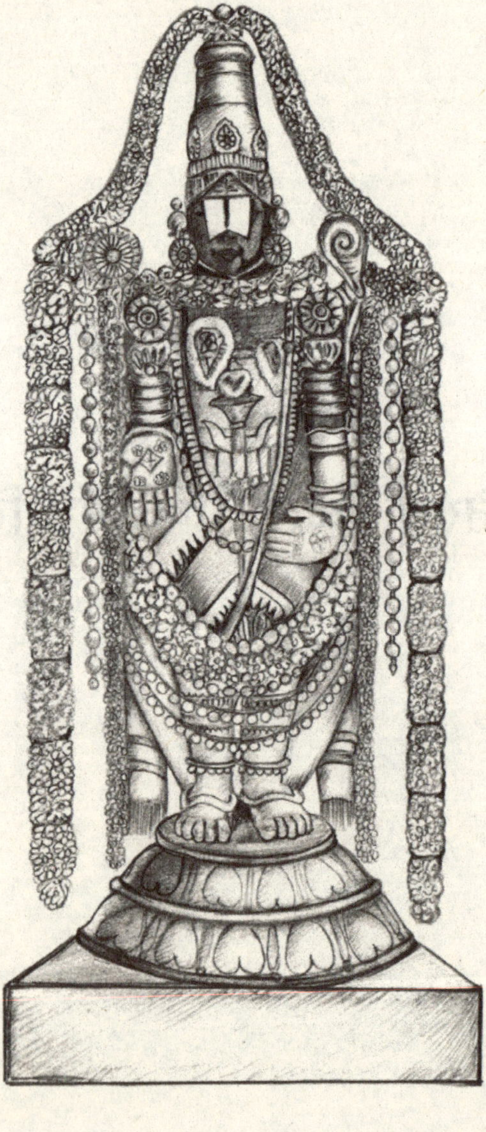

अपनी रानियों के साथ महाराजा कृष्णदेवराय, जिनका तिरुपति बालाजी के मंदिर के निर्माण में ऐतिहासिक योगदान रहा है।

तिरुमला राय की प्रतिमा, तिरुमला राय मंडपम् मुख्य मंदिर के परिसर में ही है।

भक्ति और
तपस्या के बल पर
रामानुज ने
भगवान
वेंकटेश्वर
के साक्षात् दर्शन
किए थे।

तिरुमला-तिरुपति के चारों ओर स्थित पहाड़ियाँ सप्तगिरि कहलाती हैं।

चित्तूर जिले में है तिरुपति बालाजी का पावन मंदिर।

श्रीनिवास ने पद्मावती को देखा और ऋणानुबंध के कारण उन पर मोहित हो गए।

श्रीनिवास को अपने हाथों से भोजन करातीं उनकी माताश्री वकुलाजी।

अनुश्रुति है कि देवी पद्मावती का जन्म राजा द्वारा हल चलाते समय कमल के पुष्प से हुआ था। जहाँ हल चलाया गया था, वहाँ पहले कभी तालाब था और कालांतर में भी तालाब बन गया था।

पद्मावती के परिणयम का एक दृश्य।

अपनी पत्नी भूदेवी और श्रीदेवी के साथ भगवान बालाजी।

तिरुपति में आयोजित धार्मिक ब्रह्मोत्सव का विहंगम दृश्य।

ब्रह्मोत्सव के दूसरे दिन चिन्नाशेष वाहनम पर श्री मल्यप्पा स्वामी का एक दृश्य।

ब्रह्मोत्सव के दौरान भगवान वेंकटेश्वर मिष्ठान्न एवं पुष्पों के बीच।

ब्रह्मोत्सव के चतुर्थ दिन कल्पवृक्ष वाहनम पर विराजमान भगवान।

गज वाहन भगवान श्री वेंकटेश्वर का मनोहर दृश्य।

ब्रह्मोत्सव के सातवें दिन आयोजित होने वाले चंद्रप्रभा वाहनम का दृश्य।

ब्रह्मोत्सव के आठवें दिन शाम के समय आयोजित अश्व वाहनम का दृश्य

ब्रह्मोत्सव के अंतिम दिन चक्र स्नानम् का एक दृश्य

॥ श्री: ॥

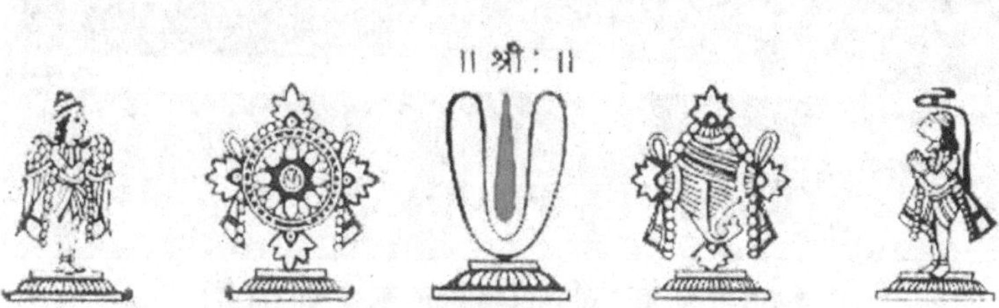

स्वामी पुष्करिणी सरोवर में स्नान करते श्रद्धालु।

श्रद्धालुओं के लिए सुविधाएँ लगातार बढ़ाई जा रही हैं।

द्वितीय द्वार पार करने को विमान प्रदक्षिणा कहा जाता है।

पुष्करिणी के किनारे स्थित वराह स्वामी मंदिर में विराजमान जगत्पति।

अंग्रेजों ने भी तिरुपति बालाजी की महिमा का आदर किया है और यही कारण है कि ईस्ट इंडिया कंपनी ने सन् 1717 में भगवान बालाजी पर एक सिक्का भी निकाला था।

महान राष्ट्र भारत के राष्ट्रपति बनने के तुरंत बाद बालाजी के दरबार में हाजिरी लगाते हुए महामहिम प्रणब मुखर्जी।

अपने बेटे अभिषेक बच्चन एवं बहू ऐश्वर्या राय के साथ तिरुपति मंदिर में विशेष पूजा-अर्चना करते हुए महानायक अमिताभ बच्चन।

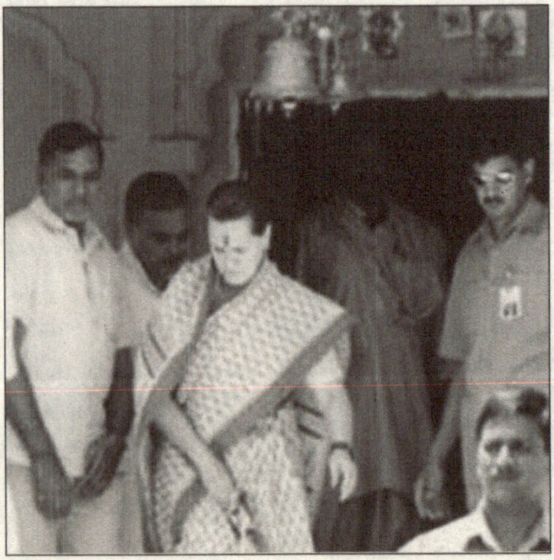

भगवान के दर्शन करने के बाद बालाजी के द्वार से बाहर निकलतीं संप्रग अध्यक्ष श्रीमती सोनिया गांधी।

चतुर्थ खण्ड

विश्व धरोहर की सुरक्षा की चिंता

जो धर्म दूसरे धर्म का बाधक होता है, वह धर्म नहीं कुधर्म है। सच्चा धर्म वही है, जो किसी भी धर्म का विरोधी नहीं है।

महाभारत

सांस्कृतिक विरासत पर प्रहार

❋

एसएम कृष्णा कर्नाटका में उन दिनों सीएम थे,जब हाईकोर्ट की एक जनहित याचिका के आदेश पर सरकार ने बताया था कि मंदिरों की आय का 78 प्रतिशत भाग अल्पसंख्यक कल्याण के लिए खर्च किया जाता है। इतना ही नहीं आंध्रा में जब कांग्रेस के वाई. एस. आर. रेड्डी जो ईसाई मुख्यमंत्री थे, उन्होंने एक ईसाई महिला को बालाजी तिरुपति मंदिर बोर्ड की अध्यक्ष बनाया और उस महिला ने मंदिर का धन ईसाई धर्म के प्रचार-प्रसार में लगाया। क्या यह सब भारत की सांस्कृतिक विरासत पर प्रहार नहीं कहा जाएगा। एक ओर तो सरकार अल्पसंख्यकों को हज के लिए सरकारी सब्सिडी देती है, दूसरी ओर वहीं हिन्दुओं के मंदिरों का धन भी उनके कल्याण के लिए खर्च किया जाता है।

हिन्दू धर्म सेवा से हाथ नहीं खींचता। सेवा और जन कल्याण करना तो हिन्दुओं का परम् धर्म है, लेकिन इस परम् धर्म पर गहरा आघात किया जा रहा है। इस अध्याय में हम यही बताने की चेष्टा करेंगे। तिरुपति नगर और तिरुमला पर्वत पर तथा बालाजी मंदिर में ईसाइयों की गुप्त गतिविधियों की खबरें तो लंबे समय से प्राप्त होती रही हैं, लेकिन अप्रैल, 2006 में इलेक्ट्रॉनिक मीडिया और समाचार पत्रों में इस तरह के समाचार बड़ी संख्या में प्रकाशित-प्रसारित हुए थे। इन विघटनकारी समाचारों से हिन्दुओं को गहरा दुःख पहुँचा, साथ ही इस तरह की गतिविधियों को रोकने के लिए भी चर्चा चली। इस दुःखद परिस्थिति से आहत पेजावर मठ, उडुपी के पूज्य स्वामी श्री विश्वेशतीर्थ जी ने आंध्र प्रदेश के कुछ गण्यमान्यजन को इन गतिविधियों के विरुद्ध कोई प्रभावी कदम उठाने के लिए प्रेरित किया। स्वामी जी की प्रेरणा से आंध्र प्रदेश

उच्च न्यायालय के दो पूर्व न्यायमूर्तियों श्री जी. बिक्षापति और श्री के. बी. सिद्धप्पा, आंध्र प्रदेश के पूर्व पुलिस महानिदेशक श्री टी. एस. राव, श्री पद्मावती महिला विश्वविद्यालय की पूर्व कुलपति श्रीमती डॉ. पी. जीरवानी और द्रविड़ियन यूनिवर्सिटी के पूर्व कुलपति डॉ. आर. श्रीहरि की सदस्यता वाली एक तथ्य अन्वेषण समिति गठित हुई। न्यायमूर्ति बिक्षापति को इन पवित्र स्थानों पर ईसाई व मुस्लिम गतिविधियों की वास्तविक स्थिति का पता लगाने वाली इस समिति का अध्यक्ष बनाया गया। 17 जून को हैदराबाद में इस समिति की पहली बैठक हुई और तय किया गया कि 21 और 22 जून को तिरुपति-तिरुमला जाकर लोगों से मिलकर तथ्यों का पता लगाया जाए। इस दृष्टि से समाचार पत्रों और इलेक्ट्रॉनिक मीडिया में सार्वजनिक सूचनाएँ निकाली गईं।

21 जून को समिति के चार सदस्य न्यायमूर्ति बिक्षापति (अध्यक्ष), श्री टी.एस. राव, डॉ. सी.आर. श्रीहरि और डॉ. जीरवानी तिरुचनूर में नवजीवन शरणागति वृद्धाश्रम में पूरे दिन रहे और लगभग 50 लोग समिति के सामने उपस्थित हुए और उन्होंने तिरुमला-तिरुपति में ईसाई-मुस्लिम गतिविधियों के बारे में जानकारी दी। इससे पूर्व स्थानीय टीवी चैनल ने तिरुपति-तिरुमला में ईसाई गतिविधियों की रिकॉर्डिड डीवीडी को समिति के समक्ष प्रस्तुत किया। अगले दिन 22 जून को समिति तिरुमला गई और वैखानासा ट्रस्ट बिल्डिंग में लोगों से मिली। समिति के सामने यहाँ 6 लोगों ने अपने अनुभव बताए। इसी दिन समिति के सदस्यों ने तिरुमला में तिरुमला-तिरुपति देवस्थानम (टीटीडी) के कार्यकारी अधिकारी श्री ए.पी.वी.एन. शर्मा से उनके शिविर कार्यालय में मुलाकात की। इस अवसर पर टीटीडी के विशेष अधिकारी श्री धर्म रेड्डी, मुख्य सतर्कता एवं सुरक्षा अधिकारी श्री अरविंद कुमार (आईपीएस) और कानून अधिकारी के नाते कार्य कर रहे जिलाधीश श्री रामचंद्र रेड्डी भी उपस्थित थे। लोगों से प्राप्त जानकारी और तथ्यों के अन्वेषण से समिति ने जो निष्कर्ष निकाले, वे इस प्रकार हैं : तिरुपति में मई, 2006 में एमसैट की परीक्षा देकर लौट रहे छात्रों को ईसाई संगठनों ने ईसाइयत

फैलाने के उद्देश्य से पोस्टर और बाइबिल की प्रतियाँ वितरित कीं। अन्य लोगों के अलावा यह जानकारी तिरुमला में वैखानासा आश्रम के सचिव श्री प्रभाकर आचार्य के बेटे ने भी दी, जो स्वयं वह परीक्षा देकर लौट रहा था। ईसाई संगठनों की इन गतिविधियों से तिरुपति में तनाव की स्थिति उत्पन्न हो गई। समिति को यह भी जानकारी मिली कि बड़ी संख्या में ईसाई स्त्री-पुरुषों, जो विभिन्न समूहों में बंटे हुए थे, ने एमसैट परीक्षा केंद्रों सहित अन्य कई स्थानों पर ईसाई पंथ से संबंधित सामग्री वितरित की। कुछ छात्र संगठनों ने ईसाई संगठनों की इन गतिविधियों का विरोध भी किया। पुलिस ने आकर स्थिति को संभाला।

9 अप्रैल, 2006 को बालराजू (पास्टर) और बाबू नामक दो ईसाई व्यक्तियों ने तिरुमला से नीचे तिरुपति शहर आते हुए बस (एपी-11 जैड 1130) में श्रद्धालुओं को ईसाई प्रचार सामग्री बाँटी। एक बस यात्री हैदराबाद के अरविंद ने सुरक्षा अधिकारी शिवनंद किशोर से इसकी शिकायत की, जिन्होंने अपनी जाँच के बाद 11 अप्रैल को टीटीडी के सतर्कता एवं सुरक्षा अधिकारी को अपनी रपट दी। रपट के आधार पर अपराध संख्या 8/2006 के अंतर्गत तिरुपति निवासी बालराजू और बाबू के विरुद्ध मामला दर्ज किया गया। पुलिस ने जाँच की।

उपरोक्त शिकायत के आधार पर श्री आर. शिवनंद किशोर ने अपनी रपट में निम्नलिखित सुझाव दिए हैं :

आंध्र प्रदेश के एपीसीएचआर एण्ड ई कानून 1987 के अंतर्गत तिरुमला पर्वत पर रहने वाले लोगों को हिन्दू धर्म के नियमों और भावनाओं के अनुरूप रहना होगा। तिरुमला में रह रहे गैर-हिन्दुओं, जो टीटीडी में कार्य कर रहे हैं और सरकारी कार्यालयों पुलिस, अग्निशमन सेवा व कर विभाग सहित अन्य विभागों में कार्यरत हैं, के बारे में भी पूरी जाँच-पड़ताल की जानी चाहिए। चिन्हित लोगों और परिवारों को तिरुमला से बाहर कहीं और बसाना चाहिए।

टीटीडी कर्मचारियों के पारिवारिक सदस्य जैसे पत्नी, बच्चे, जो ईसाई

विचारधारा के हैं, तिरुमला स्थित अपने घरों में प्रार्थना के लिए पादरियों को बुलाते रहते हैं। तिरुमला में इस प्रकार की गतिविधियों पर रोक लगाई जाने की जरूरत है।

एपीसीएचआर एण्ड ई कानून 1987 के नियम 198 के अंतर्गत तिरुमला पर्वत पर निम्न प्रकार की गतिविधियाँ प्रतिबंधित की जाएँ :

अ) अन्य मत-पंथों की मजहबी पुस्तकें, जैसे कुरान, बाइबिल आदि रखना या ले जाना,

ब) पेम्फ्लेट, साहित्य, पत्रक, स्टीकर, बैनर, झण्डे, प्रार्थना अथवा भाषणों के जरिए हिन्दू धर्म के अतिरिक्त अन्य किसी मत का प्रसार।

स) तिरुपति में डी. आर. महल के निकट गायें काटी जा रही हैं और गोमांस को गुप्त तरीके से तिरुमला भेजा जा रहा है।

द) तिरुमला एवं तिरुपति में अनेक अवैध गतिविधियां भी जारी हैं, जैसे शराब की बिक्री और उसका सेवन, मांस की बिक्री एवं मांसाहार, देह व्यापार और जुआ।

देश में सदियों से हिन्दुत्व को आघात पहुँचाया जाता रहा है। राष्ट्रपिता महात्मा गांधी का इस विषय पर कहना था कि :

'मैं विश्वास नहीं करता कि एक व्यक्ति दूसरे व्यक्ति का धर्मांतरण करे। दूसरे के धर्म को कम करके आंकना मेरा प्रयास कभी नहीं होना चाहिए। इसका अर्थ है सभी धर्मों के सच में विश्वास करना, और उनका सम्मान करना। इसका अर्थ है, सच्ची विनयशीलता...मेरा मानना है कि मानवतावादी कार्य की आड़ में धर्म-परिवर्तन रुग्ण मानसिकता का परिचायक है। यहीं लोगों द्वारा इसका सबसे अधिक विरोध होता है। आखिर धर्म नितांत व्यक्तिगत मामला है। यह हृदय को छूता है..। मैं अपना धर्म इस वजह से क्यों बदलूँ कि ईसाई मत का प्रचार करनेवाले उस डॉक्टर का धर्म ईसाई है, जिसने मेरा इलाज किया है? या डॉक्टर मुझसे यह उम्मीद क्यों रखे कि मैं उससे प्रभावित होकर अपना धर्म बदल लूँगा?' **(यंग इंडिया, 23 अप्रैल, 1931)**

यदि मेरे पास शक्ति है तथा मैं इसका प्रयोग कर सकता हूँ, तो मुझे धर्म-परिवर्तन को रोकना चाहिए। हिंदू परिवारों में मिशनरी के आगमन का अर्थ वेशभूषा, तौर-तरीके, भाषा, खान-पान में परिवर्तन के कारण परिवार का विघटन है। **(हरिजन, 5 नवंबर, 1935)**

आज भारत में धर्मांतरण का कार्य बेरोकटोक चलाया जा रहा है और तिरुपति बालाजी भी इससे अछूता नहीं है। तिरुपति का वही स्थान है, जो ईसाइयों के लिए वेटिकन या मुसलमानों के लिए मक्का-मदीना का है, लेकिन फिर क्यों तिरुपति में धर्मांतरण का कुचक्र चलाकर हमारी संस्कृति को आघात पहुँचाया जा रहा है, यह समझ से परे की बात है।

26 अप्रैल को दो महिलाएँ श्रद्धालुओं को मजहबी सामग्री बाँटती हुई पायी गई थीं, जिन्हें पकड़कर तिरुमला के उप-आरक्षी निरीक्षक के हवाले कर दिया गया। समिति को बताया गया कि सतर्कताकर्मियों ने इन दो ईसाई महिलाओं को गिरफ्तार करके पुलिस को सौंपा था। लेकिन विशेष अधिकारी ने इन महिलाओं को न केवल छोड़ दिया, बल्कि उनको विशेष दर्शन कराए और प्रसाद भी दिया। 22 जून को समिति के सामने विशेष अधिकारी धर्म रेड्डी ने बताया कि वे दोनों महिलाएं एक ईसाई मिशन द्वारा संचालित वृद्धाश्रम से उस आश्रम के कुछ एड्स पीड़ित वृद्धों की कामना पूर्ति के लिए वहाँ प्रसाद लेने आई थीं, जिसे आश्रम लौटकर वे उनको देना चाहती थीं।

उन महिलाओं ने रेड्डी से अनुमति माँगी और उन्होंने आवश्यक घोषणा-पत्र पर हस्ताक्षर करवाकर उन्हें दर्शन करवाए और प्रसाद दिया। रेड्डी द्वारा वृद्धाश्रम का नाम नहीं बताया गया। यह बात समझ से परे है कि कोई ईसाई लंबी दूरी तय करके हिन्दू मंदिर आए और प्रसाद लेकर वापस ईसाई आश्रमवासियों को वितरित करे।

गौर करने की बात है कि इन दोनों महिलाओं ने दर्शनार्थियों की कतार के स्थान पर आने से पहले मंदिर अधिकारियों को नहीं बताया था कि वे ईसाई थीं और ना ही उन्होंने किसी घोषणा-पत्र पर हस्ताक्षर करके

मंदिर अधिकारियों की अनुमति ही माँगी थी। तिरुमला में दो ईसाई डेविड और कुमार ईसाइयत का प्रचार करते हुए पकड़े गए। संभवतः पुलिस ने उन पर मामला दर्ज कर दो दिन के रिमांड पर भी रखा था। उन दोनों ने स्वीकारा कि उनसे गलती हुई थी। विशेष कार्याधिकारी ने कहा कि वे दोनों मजहबी प्रचार में शामिल पाए गए थे। यह आश्चर्यजनक है कि विशेष अधिकारी श्री धर्म रेड्डी ने उन दोनों के किसी ईसाई प्रचार में शामिल नहीं होने की बात की। अन्ततः बिना किसी कार्रवाई के उन दोनों को छोड़ दिया गया। 21 मई, 2006 को धर्म रेड्डी ने एक प्रेस वार्ता आयोजित की, जिसमें कहा कि तिरुमला में किसी प्रकार का ईसाई मजहबी प्रचार नहीं हो रहा है। स्पष्ट है कि वह इन संदिग्ध गतिविधियों को गंभीरता से नहीं ले रहे हैं।

तिरुपति के शैक्षिक संस्थानों में ईसाई मजहबी प्रचार

तिरुपति में टीटीडी की जमीन पर टीटीडी के कोष से शैक्षिक संस्थान स्थापित किए गए हैं। समिति की जानकारी में यह बात लाई गई है कि तिरुपति के कॉलेजों और छात्रावासों में ईसाई मजहबी प्रचार बहुत अधिक बढ़ चुका है। ईसाई छात्र खुद ही मिशनरियों की तरह ईसाइयत का प्रचार कर रहे हैं।

एस. वी. यूनिवर्सिटी कॉलेज के प्राचार्य श्री देव संगीतम खुलेआम छात्रों को ईसाइयत में मतांतरित करने के लिए उन्हें चर्च भेजते हैं, बाइबिल पढ़वाते हैं और हिन्दू धर्म के प्रति उनमें दुर्भावना रोपते हैं। जबसे श्री संगीतम ने प्राचार्य पद संभाला है, भगवान वेंकटेश्वर के चित्र पर माल्यार्पण पर रोक लगा दी गई है।

जब श्रीमती वीणा नोबल दास ने पद्मावती महिला विश्वविद्यालय की कुलपति का पद संभाला, तब उन्होंने इस विश्वविद्यालय के सभी संस्थानों से भगवान वेंकटेश्वर और देवी पद्मावती के चित्र हटवा दिए। इतना ही नहीं अपने कार्यालय से भी उन्होंने भगवान वेंकटेश्वर का चित्र हटवा दिया और भगवान वेंकटेश्वर तथा देवी पद्मावती के चित्रों पर प्रतिदिन

पुष्पहार पहनाने की प्रथा को भी खत्म कर दिया। उन्होंने अपने कार्यालय की मेज पर ईसा मसीह का चित्र रखा और सलीब भी सजा लिया। यह भी बताया गया कि महिला विश्वविद्यालय में छात्राओं को माथे पर तिलक लगाने की अनुमति नहीं और जिन छात्राओं के माथे पर तिलक होता है उनसे भेदभाव बरता जाता है। क्या यह हिन्दु संस्कृति के लिए घातक नहीं है?

टीटीडी में कार्यरत हैं ईसाई

समिति को जानकारी दी गई कि केवल हिन्दुओं को ही टीटीडी में कर्मचारी नियुक्त किया जाना चाहिए। बहरहाल, टीटीडी के विशेष अधिकारी ने बताया कि कुछ समय से यह चलन रुक गया है और कुछ मुस्लिमों को भी नौकरियाँ दी गई हैं। उन्होंने आगे कहा कि मुस्लिमों को धीरे-धीरे वहाँ से कहीं और स्थानांतरित करने के कदम उठाए जा रहे हैं। समिति को यह भी पता लगा कि टीटीडी में कुछ कर्मचारी ईसाइयत का प्रचार करते हैं और पुलिस कॉलोनियों में लगातार ईसाई सभाएँ और प्रार्थनाएं आयोजित की जाती हैं। तिरुमला में लगभग 40 ईसाई परिवार रह रहे हैं और वे रविवार के दिन घरों में ईसाई प्रार्थनाएँ आयोजित करते हैं। कहा जाता है कि आनंदम काम्प्लैक्स में एक ईसाई कर्मचारी जिसका नाम आनन्द राजू है और वह अधीक्षक के रूप में काम कर रहा है। विशेष कार्याधिकारी ने कहा कि वह इसकी छानबीन करके कार्रवाई करेंगे। बिजली विभाग में भी एक ईसाई महिला काम कर रही है। उद्यान अधीक्षक गोपीनाथ भी ईसाई समुदाय से हैं।

समिति को जानकारी दी गई कि कुछ हिन्दू कर्मचारियों को भी ईसाई बनाया गया है। उद्यान अधीक्षक गोपीनाथ के बारे में बताया गया कि, वह भगवान वेंकटेश्वर की पूजा की भर्त्सना करता है और कहता है कि एक काले पत्थर को मालाओं से क्यों सजाना चाहिए? वह हिन्दू धर्म की भी आलोचना करता है।

उपरोक्त परिस्थितियों और तथ्यों को देखते हुए समिति का मानना है

कि मतांतरण के उद्देश्य की पूर्ति के लिए तिरुपति और तिरुमला में ईसाइयत का प्रचार किया जा रहा है। चूँकि कार्याधिकारी ने स्पष्ट रूप से समिति को सुनिश्चित किया है कि ऐसी बातें आगे नहीं होने दी जाएँगी, इस मामले की समय-समय पर समीक्षा की जरूरत है।

स्काउट्स और गाइड

श्रद्धालुओं की कतार को व्यवस्थित करने के लिए कुछ स्काउट और गाइड लगाए गए हैं। समझा जाता है कि इन कर्मियों के मजहब-पंथ की जानकारी नहीं ली गई है और इनमें से कुछ गैर हिन्दू हैं। समिति ने यह भी महसूस किया कि इन स्काउट्स और गाइड को मुख्य मंदिर में आकर दर्शन करने की इजाजत दी गई है। कार्याधिकारी ने इस पर भी कार्रवाई करने का आश्वासन दिया और गैर हिन्दुओं की नियुक्ति को रोकने के कदम उठाने की बात कही।

खोमचे वाले और दुकानदार

समिति की जानकारी में लाया गया कि मंदिर के आस-पास कई मुस्लिम खोमचे वाले मौजूद हैं। दो उदाहरण दिए गए हैं। बाजार में दुकान नंबर-192 और 72 जमाल कादर और मैतरी द्वारा चलाई जा रही है। कार्याधिकारी ने इस मामले पर भी उचित कार्रवाई का आश्वासन दिया है। बताया गया कि अवैध खोमचे वालों को आधी रात के समय वहाँ से हटाकर बकरपेटा वन क्षेत्र में छोड़ दिया जाता है। हालाँकि इस कार्रवाई में भी हिन्दुओं को ही निशाना बनाया गया और मुस्लिमों को बहुत कम छेड़ा गया। लेपाक्षी एम्पोरियम के सामने लगभग 50 नेपाली दुकानदार हैं जो ईसाई हैं और ये भी रविवार को तिरुमला में प्रार्थना करते हैं, बाइबिल और अन्य पांथिक सामग्री पढ़ते हैं। इनके अलावा तिरुमला में 40 मुस्लिम दुकानदार हैं, जो हर शुक्रवार को नमाज पढ़ते हैं। तिरुमला में कुछ मुस्लिम खोमचे वाले भी हैं, जो कादिरि के रहने वाले हैं।

ठेके पर मजदूर

कार्याधिकारी ने समिति को यह जानकारी भी दी कि स्वास्थ्य, सफाई,

सड़क और भवन आदि विभागों में ठेके पर नियुक्त किए गए मजदूरों में अधिकतर ईसाई और मुस्लिम हैं और इसको भी कोई देखने वाला नहीं है कि यहाँ पर केवल हिन्दू कर्मचारी ही नियुक्त किए जाएँ। गैर-हिन्दू कर्मचारियों को तुरंत हटाया जाए। इस संबंध में टीटीडी ने कहा कि विशेष रूप से ठेके पर रखे गए मजदूरों और स्काउट्स-गाइड की पांथिक पहचान नहीं की गई थी। हालाँकि कार्याधिकारी ने विश्वास दिलाया कि वे इस संबंध में जरूरी कदम उठाएँगे।

पहनावा संहिता और तिलक

समिति के सामने यह बात भी आई कि कार्याधिकारी ने सभी कर्मचारियों के लिए पहनावा संहिता और तिलक लगाने का सुझाव दिया था, लेकिन इन नियमों का पालन नहीं किया गया। समिति ने कार्याधिकारी को इन नियमों को कड़ाई से लागू करने को कहा।

तिरुमला में अन्य अवैध गतिविधियाँ

समिति को बताया गया कि तिरुमला एवं तिरुपति में अनेक अवैध गतिविधियाँ भी जारी हैं, जैसे शराब की बिक्री और उसका सेवन, मांस की बिक्री एवं मांसाहार, देह व्यापार और जुआ। तिरुपति में डी.आर. महल के निकट गायें काटी जा रही हैं और गोमांस को गुप्त तरीके से तिरुमला भेजा जा रहा है।

नागलपुरम स्थित टीटीडी कल्याण मंडपम को ईसाइयों द्वारा प्रार्थना और ईसाई विवाह समारोहों के लिए प्रयुक्त किया जा रहा है। तिरुपति में भगवान श्रीराम और शिव मंदिर के निकट मंदिरों में आने वाले श्रद्धालुओं को रोककर ईसाइयत का प्रचार किया जाता है और मतांतरण के लिए उकसाया जाता है। बोर्ड ऑफ ट्रस्टीज के स्थान पर नई गठित विशेष प्रशासनिक समिति के अध्यक्ष आईएएस अधिकारी डी. रोसैया हैं, जो ईसाई बताए जाते हैं। तिरुपति से तिरुमला तक पर्यटन विभाग एक उड़नखटोला मार्ग बनाने जा रहा है। पता चला है कि पर्यटन विभाग द्वारा तिरुमला में मल्टीप्लैक्स, फूडकोर्ट और मनोरंजन व खेलकूद के केंद्र

स्थापित किए जाएँगे। पर्यटन विभाग की गतिविधियों की सुगमता के लिए टीटीडी का क्षेत्र 27.5 वर्ग किमी, जो दो पहाड़ियों को मिलाकर बनता है, तक सीमित कर दिया गया है। 1997 में कार्याधिकारी को आंध्र प्रदेश उच्च न्यायालय के निर्णय की एक प्रति सौंपी गई थी। निर्णय में खंडपीठ का कहना था कि भगवान वेंकटेश्वर की सात पहाड़ियों के मालिकाना अधिकार संबंधी सवाल खड़े करने की कोई कोशिश नहीं की गई। इसे सच मानते हुए बोर्ड ऑफ ट्रस्टीज समिति अथवा कार्याधिकारी ही भगवान वेंकटेश्वर की संपत्ति के एकमात्र प्रशासक हैं। उनका अपने आप में कोई मालिकाना हक नहीं है और मालिक के अधिकार के हित के विरुद्ध कुछ भी करने का फैसला वे नहीं ले सकते...।

इस मामले पर भी कार्याधिकारी ने कार्रवाई करने का आश्वासन दिया। लेकिन कार्रवाई कहाँ तक हुई यह तो स्पष्ट नहीं, परंतु कुछ ऐसी गतिविधियाँ अवश्य जारी हैं, जो नहीं रहनी चाहिए।

भगवान वेंकटेश्वर की सात पहाड़ियाँ

समिति का यह स्पष्ट मत है कि टीटीडी का अधिकार क्षेत्र दो पहाड़ियों को मिलाकर 21 किमी तक सीमित करना प्राचीन ग्रंथों, परंपराओं और मंदिर के रिवाज, हिन्दुओं द्वारा श्री वेंकटेश्वर को सात पहाड़ियों का भगवान मानना तथा श्रद्धालुओं द्वारा भगवान वेंकटेश्वर का नाम स्मरण करते हुए नंगे पैरों सातों पहाड़ियों की प्रदक्षिणा करने के भाव के विरुद्ध है। समिति का यह भी मानना है कि पर्यटन विभाग के लिए सातों पहाड़ियों को खोल देने से इन पहाड़ियों की पवित्रता और इनका आध्यात्मिक महत्व नष्ट हो जाएगा और भारत ही नहीं विश्व भर के हिन्दुओं को ठेस पहुँचेगी।

टीटीडी का कोष

समिति को यह भी बताया गया है कि पूर्व में हिन्दू धर्म परिरक्षण समिति विभिन्न कार्यक्रमों जैसे हरि कथाएँ, धार्मिक प्रवचन तथा प्रसिद्ध कलाकारों द्वारा धार्मिक संगीत और नृत्य कार्यक्रम आयोजित करती थी।

लेकिन अब समिति के नाम में से हिन्दू शब्द को हटा दिया गया है और इसके स्थान पर धर्म-प्रचार परिषद् बना दी गई जो किसी भी प्रकार के धार्मिक कार्यक्रमों का शायद ही कोई आयोजन करती है। समिति के सामने उपस्थित हुए जनप्रतिनिधियों ने कहा कि प्रमुख हिन्दू धार्मिक नेताओं को देश-विदेश में प्रमुख स्थानों पर आमंत्रित करना चाहिए। उनका यह भी कहना था कि श्रद्धालुओं के सहयोग से एकत्र सैकड़ों करोड़ रुपयों का इस्तेमाल हिन्दू धार्मिक गतिविधियों और भगवान वेंकटेश्वर के नाम पर चल रहे विभिन्न सेवा कार्यों में ही होना चाहिए। कोष का उपयोग अन्य किसी भी कार्य में नहीं किया जाना चाहिए। समिति को यह भी सूचना मिली कि देवस्थानम ने एक बड़ा भूखण्ड एक मुस्लिम संगठन को मस्जिद निर्माण के लिए दान कर दिया है। इससे हिन्दुओं की धार्मिक भावनाओं को गंभीर ठेस पहुंची है। अनेक लोगों ने यह भी कहा कि राज्य में करीब 35 हजार से अधिक मंदिरों में दैनिक पूजा तक के लिए कोई व्यवस्था नहीं है, ऐसे में अन्य पंथों के लिए दान करना उचित नहीं है।

टीटीडी बोर्ड और समिति का गठन

आम जनता का यह मत है कि टीटीडी बोर्ड और इसकी समितियों में प्रमुख हिन्दू प्रतिनिधि ही होने चाहिए, जिन्होंने हिन्दू धर्म और आध्यात्मिकता के विकास में भरपूर योगदान दिया हो। वर्तमान सरकार को इस तरह की नियुक्तियों में हिन्दू धर्माचार्यों और नेताओं की सलाह लेनी चाहिए।

यहाँ उल्लेखनीय है कि हिंदुत्व धर्मांतरण का समर्थन नहीं करता और इसमें धर्मांतरण के लिए कोई रस्म मौजूद नहीं है। यह स्पष्ट रूप से परिभाषित नहीं है कि कोई व्यक्ति हिंदू कब बनता है, क्योंकि हिंदुत्व ने कभी भी दूसरे धर्मों को अपने प्रतिद्वंद्वियों के रूप में नहीं देखा। अनेक हिंदुओं की धारणा यह है कि 'हिंदू होने के लिए व्यक्ति को हिंदू के रूप में जन्म लेना पड़ता है' और 'यदि कोई व्यक्ति हिंदू के रूप में जन्मा है,

तो वह सदा के लिए हिंदू ही रहता है' हालाँकि, भारतीय कानून किसी भी ऐसे व्यक्ति को हिंदू के रूप में मान्यता प्रदान करता है, जो स्वयं को हिंदू घोषित करे। हिंदुत्व के अनुसार, केवल एक ही परम सत्य है (इस सत्य या ब्रह्म का ज्ञान न होना ही शोक का कारण है और आत्माएँ तब तक पुनर्जन्म के शाश्वत चक्र में फँसी रहती हैं, जब तक उन्हें इस सत्य का ज्ञान न हो जाए), और सत्य तक जाने के कई पथ अनेक धर्मों द्वारा पालन किए जाने वाले पथों सहित हैं। धर्म के लिए संस्कृत शब्द मार्ग का शाब्दिक अर्थ पथ होता है। धर्मांतरण की अवधारणा ही एक विरोधाभास है, क्योंकि हिंदू ग्रंथ वेद तथा उपनिषद संपूर्ण विश्व को एक ही सत्य को देवता मानने वाला एक परिवार मानते हैं।

आतंकी निशाने पर भी है तिरुपति बालाजी

भगवान तिरुपति बालाजी का मंदिर आतंकियों के निशाने पर भी है। सुरक्षा एजेंसियों ने इस बारे में कई बार आशंकाएँ व्यक्त की हैं और राज्य सरकार को कुछ जानकारियों से अवगत कराया है। यही कारण है कि बालाजी भगवान के मंदिर की सुरक्षा व्यवस्था अत्यंत सुदृढ़ कर दी गई है, लेकिन फिर भी सुरक्षा के मामले में भविष्य में कोई कोताही नहीं बरतनी चाहिए, क्योंकि यह भावना और श्रद्धा से जुड़ा मसला है और भावना एवं श्रद्धा को आघात नहीं पहुँचाया जा सकता।

पंचम खण्ड

तिरुपति बालाजी का पावन दर्शन

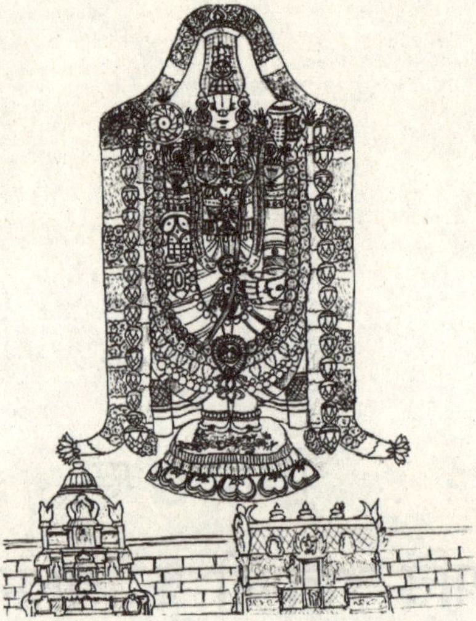

जहाँ भगवान है और जहाँ भक्त है, वहाँ सब कुछ है। लेकिन भगवान को तो हमने देखा नहीं, भक्त को हम देख सकते हैं। इसलिए हमारी निगाह में भक्त की महिमा बढ़ जाती है।

विनोबा भावे

बालाजी के तीन दर्शन

❋

त्रेतायुग में भगवान श्री रामचंद्र, द्वापर में श्रीकृष्ण और कलियुग में श्री वेंकटेश्वर ने अवतार लेकर मानव जगत की रक्षा की है। ऐसी मान्यता है कि बालाजी श्री विष्णु कलियुग में बैकुंठ को छोड़कर तिरुपति-तिरुमला की पहाड़ी पर माता लक्ष्मी-पद्मावती के साथ विराजमान हैं। भगवान श्री वेंकटेश्वर के दर्शन से ही मनुष्यों के सभी पाप कर्म का नाश हो जाता है और उन्हें सुख-समृद्धि का आशीर्वाद प्राप्त होता है। विश्व में सबसे समृद्ध भगवान के रूप में ख्याति प्राप्त तिरुपति बालाजी का दर्शन हर साल करोड़ों लोग करते हैं और अरबों रुपए का चढ़ावा चढ़ाते हैं।

धन के देवता के रूप में प्रसिद्ध तिरुपति बालाजी का मंदिर आंध्र प्रदेश के चित्तूर जिले में स्थित है। चेन्नई से करीब 130 किलोमीटर दूर तिरुपति रेल, सड़क और वायु मार्ग से जुड़ा है। आंध्र प्रदेश और तमिलनाडु की सीमा पर सप्तगिरी पर्वत शृंखला के शीर्ष पर विराजमान भगवान श्री वेंकटेश्वर की कई दंत कथाएँ हैं।

भगवान श्री वेंकटेश्वर को ही बालाजी कहा जाता है। इनके मुख्यतः तीन दर्शन होते हैं। पहला दर्शन विश्व रूप दर्शन कहलाता है। यह प्रातः काल में होता है। दोपहर में दूसरा दर्शन और रात्रि में तीसरा दर्शन होता है। सामूहिक दर्शनों के अलावा अन्य दर्शन हेतु शुल्क निर्धारित है। बाला जी का मंदिर तीन परकोटों से घिरा है। परकोटों में गोपुर बने हैं। उस पर स्वर्ण कलश स्थापित है।

स्वर्णद्वार के सामने तिरुमहामण्डपम् नामक मण्डप है। वहाँ एक सहस्त्र स्तम्भ मण्डप भी है। मंदिर के सिंहद्वार नामक प्रथम द्वार को पडिकावलि

कहते हैं। इस द्वार के भीतर वेंकटेश्वर स्वामी के भक्त नरेशों एवं रानियों की मूर्तियां बनी हैं।

प्रथम द्वार तथा द्वितीय द्वार के मध्य की प्रदक्षिणा को संपदिंग प्रदक्षिणा कहते हैं। यहाँ विरज नामक एक कुँआ है। बालाजी के चरणों के नीचे विरजा नदी है, उसी की धारा इस कूप में आती है। इसकी प्रदक्षिणा में पुष्पकूप है। बालाजी को मुख्य रूप से तुलसी पुष्प चढ़ाया जाता है। इस प्रसाद को किसी को नहीं दिया जाता। उसे पुष्प कूप में डाल दिया जाता है। केवल वसन्त पंचमी को तिरुन्चानूर में पद्मावती जी को भगवती के चढ़े पुष्प अर्पित किए जाते हैं।

द्वितीय द्वार को पार करने पर जो प्रदक्षिणा है, उसे विमान प्रदक्षिणा कहते हैं। इसमें भोज नृसिंह, श्री वरदराज स्वामी, श्री रामानुजाचार्य, सेनापति निलय, गरुड़ तथा गर्भगृह के चारों तरफ प्रदक्षिणा है। उसे वैकुण्ठ प्रदक्षिणा कहा जाता है। पौष शुक्ल एकादशी को छोड़कर यह मार्ग अन्य समय में बंद रहता है।

भगवान के मंदिर के सामने स्वर्ण मण्डित स्तम्भ है। वहाँ तिरुभट्ट मण्डपम् नाम का सभामण्डप है। द्वार पर जय-विजय की मूर्तियाँ हैं। इसी मण्डप में एक ओर हुंडी नामक बंद हौज है, जिसमें बालाजी को अर्पित करने के लिए लाया गया द्रव्य एवं आभूषण आदि डाला जाता है।

जगमोहन मंदिर के भीतर 4 द्वार पार करने पर पाँचवें द्वार के भीतर श्री बालाजी की पूर्वाभिमुख मूर्ति है। मूर्ति काले रंग की है। वे शंख, चक्र, गदा, पद्म लिए चतुर्भुज रूप में खड़े हैं। मूर्ति लगभग 7 फीट की है। दोनों ओर श्रीदेवी और भूदेवी की मूर्ति है। भगवान को भीमसेनी कपूर का तिलक लगाया जाता है। तिलक से उतरा चन्दन प्रसाद के रूप में बिकता है। यात्री उसे आँखों में लगाते हैं। बालाजी की मूर्ति में एक स्थान पर चोट का चिह्न है। वहाँ दवा लगाई जाती है। कहा जाता है कि एक भक्त प्रतिदिन भगवान के लिए दूध लाता था। वृद्ध होने पर वह आने में असमर्थ हो गया। भगवान स्वयं जाकर चुपचाप दूध पी आते थे। गाय

को दूध न देते देख भक्त ने छिपकर जब देखा तो पाया कि एक आदमी गाय का सारा दूध पी जाता है। भक्त ने चोर समझ कर उसे डंडे से मारा। भगवान ने उसे दर्शन दिया। यही डंडा लगने के चिह्न मूर्ति में अंकित है।

वेंकटाचल पर्वत पर कई अन्य तीर्थ हैं, जिनके दर्शन पूजन से पुण्य प्राप्त होता है। पर्वत पर ही पाण्डव तीर्थ, पापनाशन तीर्थ, आकाश गंगा, जाबालि तीर्थ, वैकुन्ठ तीर्थ, चक्र तीर्थ, कुमार धारा, रामकृष्ण तीर्थ और घोण तीर्थ हैं। इन तीर्थों के आसपास कई सुंदर झरने तथा मंदिर हैं। यहाँ यात्री अपार आनंद का अनुभव करते हैं। वास्तव में देखा जाए तो तिरुपति में साक्षात् स्वर्ग का दृश्य ही प्रतीत होता है।

भक्त ही नहीं पर्यटकों का भी जमावड़ा

❋

तिरुपति बालाजी मंदिर आने वाले श्रद्धालुओं की भारी तादाद के कारण आंध्र प्रदेश देश का नंबर वन टूरिस्ट डेस्टिनेशन बन गया है। यहाँ साल 2012 में 20.68 करोड़ टूरिस्ट घूमने आए थे। तमिलनाडु और उत्तर प्रदेश दूसरे नंबर पर आए हैं। टूरिजम मिनिस्ट्री की ओर से जारी इन आँकड़ों से एक यह तो जाहिर हो गया है कि देश का टॉप टूरिस्ट डेस्टिनेशन क्या है?

भगवान वेंकटेश्वर का मंदिर आंध्र प्रदेश के चित्तूर जिले में तिरुपति के पास तिरुमला नाम की पहाड़ी पर है। यह राजधानी हैदराबाद से 600 किलोमीटर की दूरी पर है। 10वीं सदी में बने इस हिंदू मंदिर में दर्शन करने देश के अलग-अलग भागों से इतने लोग आते हैं कि जितने उत्तर प्रदेश (ताजमहल) और महाराष्ट्र (अजंता-अलोरा) भी नहीं जाते हैं। तिरुपति मंदिर में प्रतिदिन भगवान वेंकटेश्वर की पूजा होती है और कई भक्त और पर्यटक तो इस पूजा में ही भाग लेने की आशा से आते हैं। दिन की शुरुआत सुबह तीन बजे सुप्रभातम, यानी भगवान को जगाने से होती है।

सबसे अंत में एकांत सेवा, यानी भगवान को सुलाया जाता है। यह सेवा रात के एक बजे तक संपन्न होती है। भगवान की प्रार्थना-स्तुति प्रतिदिन, साप्ताहिक और पक्षीय रूपों में आयोजित की जाती है, जिसे सेवा और उत्सव कहते हैं। देवता को दिया जाने वाला चढ़ावा या दान हुंडी कहलाती है। हर वर्ष सितंबर के महीने में यहाँ पर ब्रह्मोत्सव मनाया जाता है।

पर्यटक हों या श्रद्धालु बालाजी के सम्मुख आप चंद सेकेंड भी नहीं रुक सकते हैं। वहाँ से आपको हाथ पकड़ कर हटाने के लिए पूरी चाक चौबंद व्यवस्था है, ताकि निर्बाध दर्शन जारी रहे। बालाजी की सुंदरता भी गजब की है। उनकी आँखें ढँकी हुई-सी दिखती है...एक हाथ हवा में आशीर्वाद की मुद्रा में है...और दूसरा हाथ कुछ माँग कर लेने की मुद्रा में। बाला जी भक्तों को एक हाथ से धन देते हैं और दूसरे हाथ से अपना हिस्सा माँगते हैं।

अन्य देवी-देवताओं के दरबार में भी चले जाइए...लोग अधिकतर धन ही माँगते मिलेंगे, लेकिन जरा घुमा-फिराकर। इस लिहाज से बालाजी अधिक स्पष्टवादी और व्यावहारिक हैं। तभी तो वह अपने भक्तों को भी धनवान बनाते हैं और स्वयं भी दुनिया के सर्वाधिक अमीर भगवान हैं।

तिरुमला का मंदिर करीब 2500 फुट की ऊँचाई पर स्थित है। मंदिर अंदर से बेहद भव्य है। सोने से लदा हुआ और हर तरफ ऐश्वर्य बिखेरता हुआ। भगवान बालाजी भी महँगे आभूषणों से अलंकृत हैं। मंदिर में दर्शन के बाद परिक्रमा करने के उपरांत दान देने के लिए वहाँ एक कपड़े की हुंडी टंगी हुई है, जिसमें आप अपनी इच्छा अनुसार धन दान स्वरूप डालिए।

उत्तर भारत के मंदिरों के लिहाज से उचित व उत्तम व्यवस्था है। उत्तर भारत में तो भगवान पर सिक्के उछालने, नोट चढ़ाने और पंडाओं के लूट का स्थापित हो चुका चलन है, जो बहुत ही क्षुद्र और ओछा लगता है। भगवान बालाजी के मंदिर में बोरे भर-भर कर नोट आते हैं, जिसे एक साथ गिनने का काम लोगों के सामने ही चलता रहता है।

इस देश में मुकेश अंबानी हो या अनिल अंबानी....अमिताभ बच्चन हो या एकता कपूर...हर कोई आर्थिक संकट से निपटने के लिए बाला जी के दरबार में ही हाजिरी लगाता है और देखिए उनके धन की चमक-दमक से आप भी अचंभित होते रहते हैं...

श्रद्धालु ही नहीं पर्यटक भी यहाँ पर दिल खोलकर दान देते हैं। यही कारण है कि भारत के सबसे समृद्ध मंदिर तिरुपति बालाजी के पास हजारों टन सोना है, अरबों खरबों रुपए कीमत के गहने हैं, इनमें से कुछ गहने तो कई सौ साल पुराने हैं। 2010 में तिरुपति मन्दिर ट्रस्ट ने 5200,00,00,00,000 (52,000 करोड़) के सोने का बीमा कराया था, अब आप खुद ही अंदाजा लगा लीजिए कि अब कुल मूल्य कितना हो गया होगा?

तिरुपति में घरेलू टूरिस्ट बढ़े

2010 - 74.8

2011 - 86.5

2012 - 103.6

(संख्या करोड़ में)

टॉप डेस्टिनेशन (संख्या करोड़ में)

आंध्र प्रदेश - 20.68

तमिलनाडु - 18.41

उत्तर प्रदेश - 16.84

कर्नाटक - 9.41

महाराष्ट्र - 6.63

मध्य प्रदेश - 5.32

राजस्थान - 2.86

उत्तराखंड - 2.68

गुजरात - 2.44

पश्चिम बंगाल - 2.27

इस प्रकार आंकड़ों से स्पष्ट है कि तिरुपति पर्यटन के क्षेत्र में आज अत्यंत आगे निकल गया है और लोगों की धार्मिक एवं आध्यात्मिक भावनाएँ पर्यटन के विकास में सहायक सिद्ध हुई हैं।

तिरुपति का पावन दर्शन

✻

इस देवस्थानम तिरुमला तिरुपति मंदिर का हिन्दू धर्म के अनेक पुराणों में अलग-अलग महत्व बताया गया है। वराह पुराण में वेंकटाचलम या तिरुमला को आदि वराह क्षेत्र लिखा गया है। वायु पुराण में तिरुपति क्षेत्र को भगवान विष्णु का बैकुंठ के बाद दूसरा सबसे प्रिय निवास स्थान लिखा गया है। स्कंद पुराण में वर्णन है कि तिरुपति बालाजी का ध्यान मात्र करने से व्यक्ति स्वयं के साथ उसकी अनेक पीढ़ियों का कल्याण हो जाता है और वह विष्णुलोक को पाता है। इसी प्रकार भविष्य पुराण में उल्लेख है कि भगवान विष्णु को शयनकाल में महर्षि भृगु ने आकर छाती पर पैर से आघात किया। इससे माता लक्ष्मी अत्यंत दुःखित होकर वहाँ से चली गई। तब भगवान विष्णु भी देवी लक्ष्मी के चले जाने से अत्यंत दुःखी होकर पापों का नाश करने वाले देवता के रूप में निवास करने लगे। सदियों से ऐसी मान्यता है कि इसीलिए भगवान का नाम श्रीनिवास हुआ।

पुराणों की मान्यता है कि वेंकटम पर्वत वाहन गरुड़ द्वारा भूलोक में लाया गया भगवान विष्णु का क्रीड़ास्थल है। वेंकटम पर्वत शेषाचलम के नाम से भी जाना जाता है। शेषाचलम को शेषनाग के अवतार के रूप में देखा जाता है। इसके सात पर्वत शेषनाग के फन माने जाते हैं। वराह पुराण के अनुसार तिरुमलाई में पवित्र पुष्करिणी नदी के तट पर भगवान विष्णु ने ही श्रीनिवास के रूप में अवतार लिया।

ऐसी मान्यता है कि इस स्थान पर स्वयं ब्रहदेव भी रात्रि में मंदिर के पट बंद होने पर अन्य देवताओं के साथ भगवान वेंकटेश की पूजा करते

हैं। भगवान तिरुपति बालाजी की आरती प्रातः 7.30 से 12.00 बजे और सायं 6.00 बजे से रात्रि 10.30 के मध्य होती है।

तिरुपति से 18 किमी दूर सात पहाड़ी में सबसे ऊपर तिरुमल (वैसे लोग उच्चारण तिरुमला करते हैं) में है बाला जी का मंदिर। बालाजी के दर्शन के लिए गरुड़ टोल गेट को पार करना पड़ता है। तिरुमला का रास्ता यहीं से शुरू होता है। माना जाता है कि गरुड़ जी की अनुमति मिलने के बाद ही विष्णु भगवान रूपी बालाजी का दर्शन होता है। वैसे सुरक्षा की दृष्टि से भी यह उपयुक्त ही है। यहीं आपकी गाड़ी और एक-एक सामान की जाँच स्कैनर से हो जाती है, तभी ऊपर के लिए प्रस्थान करते हैं। रात 12 बजे से पहले ही गाड़ी वहाँ जाती है, उसके बाद सुबह के तीन-चार बजे तक गाडियों का प्रवेश वर्जित हो जाता है। वैसे पैदल का रास्ता भी है, जिसके लिए 18 किमी की चढ़ाई चढ़नी पड़ती है। पैदल वही लोग जाते हैं, जिन्होंने इसके लिए मन्नत माँगी है और उनकी मन्नत पूरी हुई है।

जब गाड़ी तिरुमला की ओर बढ़ती है, तो सड़क की सुंदरता देखकर आश्चर्य होता है कि क्या यह भारत के किसी तीर्थ स्थान की सड़क है? लेकिन सच है कि एक भक्त ने 90 करोड़ रुपए की लागत से इस सड़क का निर्माण कराया है, वरना पहले एक ही सड़क से गाड़ी ऊपर जाती भी थी और नीचे उतरती भी थी। उस भक्त ने भगवान बालाजी से धन माँगा और उसमें उनका हिस्सा रखता चला गया था। जब यह हिस्सा 90 करोड़ पहुँचा, तो उसने तिरुपति से तिरुमला तक सीमेंटेड सड़क का निर्माण करा दिया। करीब 18 साल पहले जब यहाँ सड़क की जर्जर अवस्था को देखकर उसने बालाजी से कहा कि आप मुझे धन दीजिए मैं उसमें से आपके हिस्से से इस सड़क का निर्माण करा दूँगा। बालाजी ने छप्पर फाड़ कर उसे धन दिया और उसने भी अपना वायदा निभाया।

तिरुमला चढ़ने वाले भक्तों को आशीर्वाद देते हुए खड़े हैं भगवान श्री महागणपति। पहाड़ की तराई में टेढ़े-मेढ़े रास्तों को पार कर भक्त जन

कलियुग बैकुंठ कहे जाने वाले तिरुमला के प्रवेशद्वार पर पहुंचते हैं। यहाँ प्रवेश करने वालों का स्वागत द्वारपाल जय और विजय हाथ जोड़कर करते हैं। तिरुमला में प्रवेश करते ही विष्णु के महाअवतार श्रीकृष्ण कुरुक्षेत्र में अर्जुन को उपदेश देने की मुद्रा में खड़े हैं।

मंदिर का मुख्य प्रवेश द्वार : गोपुरम

माना जाता है कि इस मंदिर का इतिहास 9वीं शताब्दी से प्रारंभ होता है, जब काँचीपुरम के शासक वंश पल्लवों ने इस स्थान पर अपना आधिपत्य स्थापित किया था, परंतु 15 सदी के विजयनगर वंश के शासन के पश्चात् भी इस मंदिर की ख्याति सीमित रही। 15वीं सदी के पश्चात् इस मंदिर की ख्याति दूर-दूर तक फैलनी शुरू हो गई। 1843 से 1933 ई. तक अंग्रेजों के शासन के अंतर्गत इस मंदिर का प्रबंधन हाथीरामजी मठ के महंत ने संभाला।

उल्लेखनीय है कि सन् 1933 में इस मंदिर का प्रबंधन तत्कालीन मद्रास सरकार ने अपने हाथ में ले लिया और एक स्वतंत्र प्रबंधन समिति तिरुमला-तिरुपति के हाथ में इस मंदिर का प्रबंधन सौंप दिया। आंध्र प्रदेश के राज्य बनने के पश्चात् इस समिति का पुनर्गठन हुआ और एक प्रशासनिक अधिकारी को आंध्रप्रदेश सरकार के प्रतिनिधि के रूप में नियुक्त किया गया।

भक्तों की लंबी कतारें

यहाँ आने वाले प्रत्येक व्यक्ति की सबसे बड़ी इच्छा भगवान वेंकटेश्वर के दर्शन करने की होती है। भक्तों की लंबी कतारें देखकर सहज की इस मंदिर की प्रसिद्धि का अनुमान लगाया जाता है। मुख्य मंदिर के अलावा यहाँ अन्य मंदिर भी हैं। तिरुमला और तिरुपति का भक्तिमय वातावरण मन को श्रद्धा और आस्था से भर देता है।

मुख्य मंदिर

श्री वेंकटेश्वर का यह पवित्र व प्राचीन मंदिर पर्वत की वेंकटाद्रि नामक

सातवीं चोटी पर स्थित है, जो श्री स्वामी पुष्करणी नामक तालाब के किनारे स्थित है। इसी कारण यहाँ पर बालाजी को भगवान वेंकटेश्वर के नाम से जाना जाता है।

यह भारत के उन चुनिंदा मंदिरों में से एक है, जिसके पट सभी धर्मानुयायियों के लिए खुले हुए हैं। पुराण व अल्वर के लेख जैसे प्राचीन साहित्य स्रोतों के अनुसार कलियुग में भगवान वेंकटेश्वर का आशीर्वाद प्राप्त करने के पश्चात् ही मुक्ति संभव है। पचास हजार से भी अधिक श्रद्धालु इस मंदिर में प्रतिदिन दर्शन के लिए आते हैं। इन तीर्थयात्रियों की देखरेख पूर्णतः टीटीडी के संरक्षण में है।

माना जाता है कि वेंकट पहाड़ी का स्वामी होने के कारण ही इन्हें वेंकटेश्वर कहा जाने लगा। इन्हें सात पहाड़ों का भगवान भी कहा जाता है। मंदिर के गर्भगृह में भगवान वेंकटेश्वर की प्रतिमा स्थापित है। यह मुख्य मंदिर के प्रांगण में है। मंदिर परिसर में खूबसूरती से बनाए गए अनेक द्वार, मंडपम और छोटे मंदिर हैं। मंदिर परिसर में मुख्य दर्शनीय स्थल हैं : पडी कवली महाद्वार संपंग प्रदक्षिणम, कृष्णदेवराय मंडपम, रंग मंडपम, तिरुमला राय मंडपम, आईना महल, ध्वजस्तंभ मंडपम, नदिमी पडी कविली, विमान प्रदक्षिणम, श्री वरदराजस्वामी श्राइन पोटु आदि। कहा जाता है कि इस मंदिर की उत्पत्ति वैष्णव संप्रदाय से हुई है। यह संप्रदाय समानता और प्रेम के सिद्धांत को मानता है। इस मंदिर की महिमा का वर्णन विभिन्न धार्मिक ग्रंथों में मिलता है।

सदियों से ऐसा माना जाता है कि भगवान वेंकटेश्वर का दर्शन करने वाले हरेक व्यक्ति को उनकी विशेष कृपा प्राप्त होती है। हालाँकि दर्शन करने वाले भक्तों के लिए यहाँ विभिन्न जगहों तथा बैंकों से एक विशेष पर्ची कटती है। इसी पर्ची के माध्यम से आप यहाँ भगवान वेंकटेश्वर के दर्शन कर सकते हैं।

मंदिर की चढ़ाई

पैदल यात्रियों हेतु पहाड़ी पर चढ़ने के लिए तिरुमला तिरुपति देवस्थानम

नामक एक विशेष मार्ग बनाया गया है। इसके द्वारा प्रभु तक पहुँचने की चाह की पूर्ति होती है। साथ ही अलिपिरी से तिरुमला के लिए भी एक मार्ग है।

श्री पद्मावती समोवर मंदिर

तिरुचनूर (इसे अलमेलुमंगपुरम भी कहते हैं) तिरुपति से पाँच किमी दूर है। यह मंदिर भगवान वेंकटेश्वर की पत्नी श्री पद्मावती को समर्पित है। कहा जाता है कि तिरुमला की यात्रा तब तक पूरी नहीं हो सकती, जब तक इस मंदिर के दर्शन नहीं किए जाते। माना जाता है कि भगवान वेंकटेश्वर विष्णु के अवतार थे और पद्मावती स्वयं लक्ष्मी की अवतार थी। तिरुमला में सुबह 10.30 बजे से दोपहर 12 बजे तक कल्याणोत्सव मनाया जाता है। यहाँ दर्शन सुबह 6.30 बजे से शुरू हो जाता है। शुक्रवार को दर्शन सुबह 8 बजे के बाद शुरू होता है। तिरुपति से तिरुचनूर के बीच दिनभर बसें चलती हैं।

श्री गोविंदराजस्वामी मंदिर

श्री गोविंदराजस्वामी भगवान बालाजी के बड़े भाई हैं। यह मंदिर तिरुपति का मुख्य आकर्षण है। इसका गोपुरम बहुत ही भव्य है, जो दूर से ही दिखाई देता है। इस मंदिर का निर्माण संत रामानुजाचार्य ने 1130 ईस्वी में कराया था। गोविंदराजस्वामी मंदिर में होने वाले उत्सव और कार्यक्रम वेंकटेश्वर मंदिर के समान ही होते हैं। वार्षिक ब्रह्मोत्सव वैसाख मास में मनाया जाता है। इस मंदिर के प्रांगण में संग्रहालय और छोटे-छोटे मंदिर हैं, जिनमें भी पार्थसारथी, गोड़ादेवी आंदल और पुंडरिकावल्ली का मंदिर शामिल है। मंदिर की मुख्य प्रतिमा शयनमूर्ति (निंद्रालीन) है। दर्शन का समय है : प्रातः 9.30 से 12.30, दोपहर 1.00 बजे से शाम 6 बजे तक और शाम 7.00 से रात 8.45 बजे तक है।

श्री कोदादंरमस्वामी मंदिर

यह मंदिर तिरुपति के मध्य में स्थित है। यहाँ सीता, राम और लक्ष्मण

की पूजा-अर्चना होती है। इस मंदिर का निर्माण चोल राजा ने दसवीं शताब्दी में कराया था। इस मंदिर के ठीक सामने अंजनेयस्वामी का मंदिर है, जो श्री कोदादंरमस्वामी मंदिर का ही उपमंदिर है। युगादि और श्री रामनवमी का पर्व यहाँ बड़े धूमधाम से मनाया जाता है।

श्री कपिलेश्वरस्वामी मंदिर

यह तिरुपति का एकमात्र शिव मंदिर है। यह तिरुपति से तीन किमी दूर उत्तर में तिरुमला की पहाड़ियों के नीचे स्थित है। यहाँ पर कपिला तीर्थम नामक पवित्र झरना भी है। इसे अलवर तीर्थम के नाम से भी जाना जाता है। यहाँ महाब्रह्मोत्सव, महा शिवरात्रि, स्खंड षष्टी और अन्नाभिषेकम बड़े धूमधाम से मनाए जाते हैं। वर्षा ऋतु में झरने के आसपास का वातावरण बहुत ही मनोरम होता है। कपिल तीर्थम जाने के लिए बस और ऑटो रिक्शा यातायात के मुख्य साधन हैं।

श्री कल्याण वेंकटेश्वरस्वामी मंदिर

यह मंदिर तिरुपति से 12 किमी पश्चिम में श्रीनिवास मंगापुरम में स्थित है। पौराणिक कथाओं के अनुसार श्री पद्मावती से शादी के बाद तिरुमला जाने से पहले भगवान वेंकटेश्वर यहाँ ठहरे थे। यहाँ स्थापित भगवान वेंकटेश्वर की पत्थर की विशाल प्रतिमा को रेशमी वस्त्रों, आभूषणों और फूलों से सजाया गया है। वार्षिक ब्रह्मोत्सव और साक्षात्कार वैभवम यहाँ धूमधाम से मनाया जाता है।

श्री कल्याण वेंकटेश्वरस्वामी मंदिर

यह मंदिर तिरुपति से 40 किमी दूर, नारायणवनम में स्थित है। भगवान श्री वेंकटेश्वरस्वामी और अक्सा महाराज की पुत्री पद्मावती अम्मवरु यहीं परिणय सूत्र में बंधे थे। यहाँ मुख्य रूप से श्री कल्याण वेंकटेश्वरस्वामी की पूजा होती है।

यहाँ पाँच उपमंदिर भी हैं। श्री पद्मावती अम्मवरी मंदिर, श्री अंदल अम्मवरी मंदिर, समेता रामुलवरी मंदिर, श्री रंगानायकुल मंदिर और श्री

सीता लक्ष्मण मंदिर। इसके अलवा मुख्य मंदिर से जुड़े पाँच अन्य मंदिर भी हैं। श्री पराशरेश्वर स्वामी मंदिर, श्री वीरभद्र स्वामी मंदिर, श्री शक्ति विनायक स्वामी मंदिर, श्री अगस्थिश्वर स्वामी मंदिर और अवनक्षम्मा मंदिर। वार्षिक ब्रह्मोत्सव मुख्य मंदिर श्री वीरभद्रस्वामी मंदिर और अवनक्शम्मा मंदिर में मनाया जाता है।

श्री वेद नारायणस्वामी मंदिर

नगलपुरम का यह मंदिर तिरुपति से 70 किमी दूर है। माना जाता है कि भगवान विष्णु ने मत्स्य अवतार लेकर सोमकुडु नामक राक्षस का यहीं पर संहार किया था।

मुख्य गर्भगृह में प्रभु विष्णु की मत्स्य रूप में प्रतिमा स्थापित है, जिनके दोनों ओर श्रीदेवी और भूदेवी विराजमान हैं। भगवान द्वारा धारण किया हुआ सुदर्शन चक्र सबसे अधिक आकर्षक लगता है। इस मंदिर का निर्माण विजयनगर के राजा श्रीकृष्णदेव राय ने करवाया था। यह मंदिर विजयनगर की वास्तुकला के दर्शन कराता है। मंदिर में मनाया जाने वाला मुख्य उत्सव ब्रह्मोत्सव और सूर्य पूजा है। यह पूजा फाल्गुन मास की 12वीं, 13वीं और 14वीं तिथि को होती है। इस दौरान सूर्य की किरणें प्रातः 6 बजे से 6.15 मिनट तक मुख्य प्रतिमा पर पड़ती हैं। ऐसा लगता है मानो सूर्य देव स्वयं भगवान की पूजा कर रहे हों।

श्री वेणुगोपालस्वामी मंदिर

यह मंदिर तिरुपति से 58 किमी दूर, कारवेतीनगरम में स्थित है। यहाँ मुख्य रूप से भगवान वेणुगोपाल की प्रतिमा स्थापित है। उनके साथ उनकी पत्नियाँ श्री रुक्मणी अम्मवरु और श्री सत्सभामा अम्मवरु की भी प्रतिमा स्थापित हैं। यहाँ एक उपमंदिर भी है।

श्री प्रसन्ना वेंकटेश्वरस्वामी मंदिर

माना जाता है कि श्री पद्मावती अम्मवरु से विवाह के पश्चात् श्री वेंकटेश्वरस्वामी अम्मवरु ने यहीं, अप्पलायगुंटा पर श्री सिद्धेश्वर और

अन्य शिष्यों को आशीर्वाद दिया था। अंजनेयस्वामी को समर्पित इस मंदिर का निर्माण करवेतीनगर के राजाओं ने करवाया था। कहा जाता है कि आनुवांशिक रोगों से ग्रस्त रोगी अगर यहाँ आकर वायुदेव की प्रतिमा के आगे प्रार्थना करें, तो भगवान अवश्य सुनते हैं। यहाँ देवी पद्मावती और श्री अंदल की मूर्तियाँ भी हैं। यहाँ पर साल में एक बार ब्रह्मोत्सव मनाया जाता है।

श्री चेन्नाकेशवस्वामी मंदिर

तल्लपका तिरुपति से 100 किमी दूर है। यह श्री अन्नामचार्य (संकीर्तन आचार्य) का जन्मस्थान है। अन्नामचार्य श्री नारायणसूरी और लक्कामअंबा के पुत्र थे। अनुश्रुति के अनुसार करीब 1000 वर्ष पुराने इस मंदिर का निर्माण और प्रबंधन मत्ती राजाओं द्वारा किया गया था।

श्री करिया मणिक्यस्वामी मंदिर

श्री करिया मणिक्यस्वामी मंदिर (इसे श्री पेरुमला स्वामी मंदिर भी कहते हैं) तिरुपति से 51 किमी दूर नीलगिरी में स्थित है। माना जाता है कि यहीं पर प्रभु महाविष्णु ने मकर को मार कर गजेंद्र नामक हाथी को बचाया था। इस घटना को महाभगवतम में गजेंद्रमोक्षम के नाम से पुकारा गया है।

श्री अन्नपूर्णा-काशी विश्वेश्वरस्वामी

कुशस्थली नदी के किनारे बना यह मंदिर तिरुपति से 56 किमी की दूरी पर, बग्गा अग्रहरम में स्थित है। यहाँ मुख्य रूप से श्री काशी विश्वेश्वर, श्री अन्नपूर्णा अम्मवरु, श्री कामाक्षी अम्मवरु और श्री देवी भूदेवी समेत श्री प्रयाग माधव स्वामी की पूजा होती है। महाशिवरात्रि और कार्तिक सोमवार को यहाँ विशेष आयोजन किया जाता है।

स्वामी पुष्करिणी

इस पवित्र जलकुंड के पानी का प्रयोग केवल मंदिर के कामों के लिए ही किया जा सकता है। जैसे भगवान की प्रतिमा के स्नान के लिए, मंदिर

को पावन एवं स्वच्छ करने के लिए, मंदिर में रहने वाले परिवारों (पंडित, कर्मचारी) द्वारा आदि। इस पानी का उपयोग मुख्य रूप से यहाँ आने वाले श्रद्धालुओं द्वारा किया जाता है, जो इस कुंड के पवित्र पानी में डुबकी लगाते हैं। कुंड का जल पूरी तरह स्वच्छ और कीटाणुरहित है। यहाँ इसे पुनःचक्रित किए जाने की भी व्यवस्था की गई है। माना जाता है कि बैकुंठ में विष्णु पुष्करिणी कुंड में ही स्नान किया करते थे। इसलिए गरुड़ श्री वेंकटेश्वर के लिए इसे धरती पर लेकर आए थे। यह जलकुंड मंदिर से सटा हुआ है। यह भी कहा जाता है कि पुष्करिणी में स्नान करने से व्यक्ति के सारे पाप धुल जाते हैं और भक्त को सभी सुख प्राप्त होते हैं। मंदिर में प्रवेश करने से पूर्व भक्त यहाँ डुबकी लगाते हैं। ऐसा करने से शरीर व आत्मा दोनों पवित्र हो जाते हैं।

आकाशगंगा जलप्रपात

आकाशगंगा जलप्रपात तिरुमला मंदिर से तीन किमी उत्तर में स्थित है। इसकी प्रसिद्धि का मुख्य कारण यह है कि इसी जल से भगवान को स्नान कराया जाता है। पहाड़ी से निकलता पानी तेजी से नीचे घाटी में गिरता है। बारिश के दिनों में यहाँ का दृश्य बहुत की मनमोहक लगता है। यहाँ हजारों भक्त प्रतिदिन आते हैं।

श्री वराहस्वामी मंदिर

तिरुमला के उत्तर में स्थित श्री वराहस्वामी का प्रसिद्ध मंदिर पुष्करिणी के किनारे स्थित है। यह मंदिर भगवान विष्णु के अवतार वराह स्वामी को समर्पित है। ऐसा माना जाता है कि तिरुमला मूल रूप से आदि वराह क्षेत्र था और वराह स्वामी की अनुमति के बाद ही भगवान वेंकटेश्वर ने यहाँ अपना निवास स्थान बनाया। ब्रह्म पुराण के अनुसार नैवेद्यम सबसे पहले श्री वराहस्वामी को चढ़ाना चाहिए और श्री वेंकटेश्वर मंदिर जाने से पहले यहाँ दर्शन करने चाहिए। अत्री संहिता के अनुसार वराह अवतार की तीन रूपों में पूजा की जाती है : आदि वराह, प्रलय वराह और यजना वराह। तिरुमला के श्री वराहस्वामी मंदिर में इनके आदि वराह रूप में

दर्शन होते हैं। यह मंदिर अपनी कई विशेषताओं के कारण प्रसिद्ध है। कहा जाता है कि यहाँ पर दर्शनार्थी की मनोकामना अवश्य ही पूर्ण होती है और उसे दर्शन लाभ मिलता है।

श्री बेदी अंजनेयस्वामी मंदिर

स्वामी पुष्किरिणी के उत्तर पूर्व में स्थित यह मंदिर श्री वराहस्वामी मंदिर के ठीक सामने है। यह मंदिर हनुमान जी को समर्पित है। यहाँ स्थापित भगवान की प्रतिमा के हाथ प्रार्थना की अवस्था में हैं। अभिषेक रविवार के दिन होता है और यहाँ हनुमान जयंती बड़े धूमधाम से मनाई जाती है।

श्री वेंकटेश्वर राष्ट्रीय उद्यान

इस गार्डन का कुल क्षेत्रफल 460 एकड़ है। तिरुमला और तिरुपति के आस-पास बने इन सुंदर बगीचों से तिरुमला के मंदिरों की सभी आवश्यकताओं को पूरा किया जाता है। इन फूलों का प्रयोग भगवान और मंडप को सजाने व पंडाल निर्माण में किया जाता है। पूर्वी घाट की इन छोटी पथरीली पहाड़ियों में भले ही बड़े पेड़ और हरियाली का विराट साम्राज्य तो नहीं है, मगर वन्य जन्तुओं की विविधता की दृष्टि से यह किसी दूसरे राष्ट्रीय उद्यान से कम नहीं है। पहले यह एक अभयारण्य था। तिरुपति जैसे प्रसिद्ध तीर्थ स्थल के निकट होने के कारण इसे तिरुपति के मुख्य देवता श्री वेंकटेश्वर का नाम दिया गया।

वैसे देखा जाए तो इसकी सैर बरसात को छोड़कर वर्ष पर्यन्त की जा सकती है, मगर अक्टूबर से मार्च का समय पर्यटन के लिये अधिक अनुकूल रहता है। वर्ष भर यहाँ ठण्ड नहीं पड़ती इसलिए सर्दियों में भी यहाँ गर्म कपड़े ले जाने की आवश्यकता नहीं है।

श्री वेंकटेश्वर राष्ट्रीय उद्यान पहुँचने के लिए निकटतम हवाई अड्डा और रेलवे स्टेशन तिरुपति है। तिरुपति चेन्नई, मुम्बई और हैदराबाद से सीधी विमान सेवाओं द्वारा जुड़ा हुआ है। देश के प्रायः सभी शहरों से

इसका सड़क सम्पर्क भी है। आन्ध्र प्रदेश पर्यटक विभाग की ओर से भी राज्य के महत्वपूर्ण शहरों से यहाँ के लिये टूरिस्ट बस सेवाएँ सुलभ हैं। तिरुपति से भी श्री वेंकटेश्वर राष्ट्रीय उद्यान पहुँचने के लिए चंद्रगिरि होते हुए एक घण्टे से कम समय लगता है।

प्रमुख नगरों से दूरी : चन्द्रगिरि 20 किलोमीटर, तिरुपति 31 किलोमीटर, चेन्नई 178 किलोमीटर, बंगलौर 252 किलोमीटर, मुम्बई 1183 किलोमीटर।

श्री वेंकटेश्वर राष्ट्रीय उद्यान में पर्यटकों के आवास के लिए वन विश्राम गृह की सुविधा सुलभ है। आन्ध्र प्रदेश पर्यटन विभाग के निकटतम गेस्ट हाउस चन्द्रगिरि और तिरुपति में हैं, जहाँ वातानुकूलित कमरों की व्यवस्था है। इनके अतिरिक्त प्राइवेट होटल भी हैं।

अनिल डबराल के अनुसार, यदि आप झाडदार वृक्षों का सौन्दर्य निहारने की चाह रखते हैं, तो श्री वेंकटेश्वर नेशनल पार्क इसके लिए एक बेहतरीन जगह है। इस उद्यान में पेड़ों की बजाय रंग बिरंगी झाड़ियों का बाहुल्य है और पेड़ों की ऊँचाई आमतौर पर दस मीटर से अधिक नहीं है। रेड सेंडर यहाँ की मुख्य वृक्ष प्रजाति है, जो आर्थिक दृष्टि से भी अधिक महत्वपूर्ण है।

श्री वेंकटेश्वर राष्ट्रीय उद्यान अनेकानेक वन्य प्राणियों का घर है। बाघ और तेंदुए तो यहाँ हैं ही साथ ही हिरण, गौर, भालू, सूअर, लोमड़ी, भेड़िया और जंगली कुत्ते भी यहाँ पर्याप्त संख्या में मौजूद हैं। स्वच्छंद विचरण करते चीतल, सांभर और काले हिरणों के झुण्ड देखने वालों का मन मोह लेते हैं। बंदरों की एक विशेष प्रजाति बोनिट भी यहाँ का एक अन्य आकर्षण है। श्री वेंकटेश्वर राष्ट्रीय उद्यान के इर्द-गिर्द अनेक दर्शनीय स्थल हैं। इनमें तिरुपति स्थित भगवान वेंकटेश्वर का सुप्रसिद्ध मन्दिर (31 किलोमीटर), चन्द्रगिरि दुर्ग (20 किलोमीटर), हॉर्सले हिल्स (175 किलोमीटर) और नारायणवनम (67 किलोमीटर) आपकी यात्रा को अविस्मरणीय और परिपूर्ण कर देंगे।

ध्यान मंदिरम्

मूल रूप से यह श्री वेंकटेश्वर संग्रहालय था, जिसकी स्थापना 1980 में की गई थी। पत्थर और लकड़ी की बनी वस्तुएँ, पूजा सामग्री, पारंपरिक कला और वास्तुशिल्प से संबंधित वस्तुओं का प्रदर्शन किया गया है।

केशदान

इसके अंतर्गत श्रद्धालु प्रभु को अपने केश समर्पित करते हैं, जिससे अभिप्राय है कि वे केशों के साथ अपना दंभ व घमंड ईश्वर को समर्पित करते हैं। पुराने समय में यह संस्कार घरों में ही नाई के द्वारा संपन्न किया जाता था, पर समय के साथ-साथ इस संस्कार का भी केंद्रीकरण हो गया और मंदिर के पास स्थित कल्याण कट्टा नामक स्थान पर यह सामूहिक रूप से संपन्न किया जाने लगा। अब सभी नाई इस स्थान पर ही बैठते हैं। केशदान के पश्चात् यहीं पर स्नान करते हैं और फिर पुष्करिणी में स्नान के पश्चात् मंदिर में दर्शन करने के लिए जाते हैं। केश मुंडन बालाजी की प्रधान मनौती है। प्रतिदिन कम से कम 20 हजार भक्त अपने केश कटवाकर भगवान को समर्पित करते हैं। हर वर्ष 17 से 22 करोड़ रुपए में यह केश बिकता है, जिसकी राशि मंदिर ट्रस्ट को जाती है। यहीं पास में भोजनालय है, जहाँ करीब 25 हजार भक्त रोजाना निःशुल्क भोजन करते हैं।

बैकुंठ तोरण

जिन्होंने केश समर्पण किया है, वो और जिन्होंने नहीं किया है, वो भी मंदिर के इस फाटक से प्रवेश करते हैं, जिसे बैकुंठ तोरण कहा जाता है। वहाँ दर्शन के लिए निःशुल्क व्यवस्था तो है ही, लेकिन भीड़ से बचने के लिए 50, 300 और 500 रुपए तक के टिकट की भी व्यवस्था है, जिसमें अलग-अलग जगह से लाइन में बीच में प्रवेश का रास्ता बना हुआ है। विशेष दिनों में सामान्य दर्शन में 150 घंटे तक लग जाते हैं, लेकिन आज कल अधिकतम छह घंटे में दर्शन हो जाता है।

सर्वदर्शनम्

सर्वदर्शनम् से अभिप्राय है सभी के लिए दर्शन। सर्वदर्शनम के लिए प्रवेश द्वार बैकुंठम कॉम्प्लेक्स है। वर्तमान में टिकट लेने के लिए यहाँ कम्प्यूटरीकृत व्यवस्था है। यहाँ पर निःशुल्क व सशुल्क दर्शन की भी व्यवस्था है। साथ ही विकलांग लोगों के लिए महाद्वारम नामक मुख्य द्वार से प्रवेश की व्यवस्था है, जहाँ पर उनकी सहायता के लिए सहायक भी होते हैं। यहाँ भी स्पेशल दर्शन वाली व्यवस्था है, टिकट 10 के स्पेशल दर्शन, 40 में शीघ्र दर्शनम, 200 रुपये में 2 व्यक्ति तत्काल दर्शन। यहाँ कई एजेंट या दलाल भी सक्रिय हो गए हैं, जो टिकट का तुरंत प्रबंध करने का दावा करते हैं, लेकिन भगवान से शीघ्र मिलने की चाह में ऐसे एजेंटों से किनारा ही किया जाए तो अच्छा रहेगा।

यहाँ यह उल्लेखनीय है कि तिरुमला तिरुपति देवस्थानम ट्रस्ट (टीटीडी) जल्द ही वीआईपी दर्शन की व्यवस्था समाप्त करने की योजना बना रहा है। आंध्रप्रदेश स्थित इस विश्व प्रसिद्ध मंदिर में रोजाना हजारों श्रद्धालुओं की भीड़ दर्शनों के लिए जुटती है। यहाँ अभी तक किसी भी वीआईपी के आने पर उसे लाइन से अलग हटाकर खास दर्शन करा दिया जाता है, हालाँकि इससे लाइन में लगे आम श्रद्धालुओं को परेशानी उठानी पड़ती है।

अगर अब यह वीआईपी दर्शन की व्यवस्था समाप्त हो जाएगी तो संभव है कि निकट भविष्य में मुकेश अंबानी, अमिताभ बच्चन, सचिन तेंदुलकर और कई उन्हीं की तरह के खास लोगों को आम लोगों के साथ लाइन में लगकर ही भगवान तिरुपति के दर्शन करने पड़ेंगे। फिलहाल यहाँ हफ्ते में चार दिन आवश्यकता के हिसाब से एक घंटे के लिए वीआईपी दर्शन कराया जाता है।

इस समय आम श्रद्धालु के लिए मंदिर के दरवाजे बंद हो जाते हैं और वह लाइन में लगा इंतजार करता रहता है। कई बार यह एक घंटा दो घंटे में भी बदल जाता है। सुझाव यह भी है कि वीआईपी दर्शन की

सुविधा हफ्ते में एक दिन रखी जाए। टीटीडी ट्रस्ट बोर्ड के चेयरमैन कानुमुरी बापीराजू का मानना है कि इस तरह के वीआईपी दर्शन की व्यवस्था से आम लोग खुद को बेहद भेदभावपूर्ण व्यवहार का शिकार मानते हैं। इससे उन्हें परेशानी भी होती है। वीआईपी दर्शन खत्म करने से और आम श्रद्धालु भी मंदिर आएँगे। टीटीडी बोर्ड के सदस्यों ने अनौपचारिक रूप से वीआईपी दर्शन की समाप्ति वाले प्रस्ताव को मंजूरी दे दी है। अब हम शीघ्र ही इस प्रस्ताव को औपचारिक रूप से पास करने की व्यवस्था करेंगे।

प्रसादम्

यहाँ पर प्रसाद के रूप में अन्न प्रसाद की व्यवस्था है, जिसके अंतर्गत चरणामृत, मीठी पोंगल, दही-चावल जैसे प्रसाद तीर्थयात्रियों को दर्शन के पश्चात् दिया जाता है। तिरुपति बालाजी का दर्शन करने के बाद मंदिर से बाहर निकलने वाले सभी भक्तों को चावल का प्रसाद निःशुल्क दिया जाता है।

इस प्रसाद को श्रद्धालु वहीं पर ग्रहण कर सकते हैं। इसके अलावा प्रसाद में तिरुपति बालाजी के लड्डू दुनिया भर में प्रसिद्ध हैं। देशी घी के बने ये बड़े आकार के लड्डू लंबे समय तक खराब नहीं होते। जो लोग 300 रुपये का शीघ्र दर्शन वाला टिकट खरीदते हैं, उन्हें दो लड्डू निःशुल्क दिए जाते हैं। जो लोग सर्व दर्शन की लाइन में लगे हैं, वे अपनी इच्छा से लड्डू खरीद सकते हैं। मुख्य मंदिर के पास लड्डू के कई काउंटर एक भवन में बने हैं।

तिरुमला पहुँचने वाले श्रद्धालुओं के लिए विशाल अन्न प्रसादम् गृह बनाया गया है। यहाँ श्रद्धालु निशुल्क भोजन कर सकते हैं। अन्न प्रसादम् गृह में आठ विशालकाय डायनिंग हॉल बनाए गए हैं। हर डायनिंग हॉल में 400 से अधिक लोग एक साथ बैठकर जीम सकते हैं। बैठने के लिए टेबल और बेंच लगे हैं। केले के पत्ते पर चावल, सब्जी, दाल, भुजिया, चटनी, सांबर, छाछ जैसी चीजें बड़ी पवित्रता से परोसी जाती हैं। अन्न

प्रसादम् के विशाल डायनिंग हॉल का उद्घाटन 2011 में तत्कालीन राष्ट्रपति प्रतिभा पाटिल ने किया था। ये अन्न प्रसादम् हॉल देश के किसी भी मंदिर के डायनिंग हॉल से अत्यंत बड़ा है। तिरुमला का ये अन्न प्रसादम् भक्तों के दान से बना है और भक्तों के दान से ही चलता है। आसपास के भक्त अन्न प्रसादम् के लिए हरी सब्जियाँ और दाल आदि भी दान में देते हैं। अन्न प्रसादम् का भोजन तैयार करने के लिए सफाई और पवित्रता का विशेष ध्यान रखा जाता है। अब अन्न प्रसादम् के रसोई से बना भोजन तिरुपति तिरुमाला देवस्थानम ट्रस्ट की ओर से संचालित अस्पताल के मरीजों के लिए भी उपलब्ध कराया जा रहा है।

लड्डू

पनयारम यानी लड्डू मंदिर के बाहर बेचे जाते हैं, जो यहाँ पर प्रभु के प्रसाद के रूप में चढ़ाने के लिए खरीदे जाते हैं। इन्हें खरीदने के लिए पंक्तियों में लगकर टोकन लेना पड़ता है। श्रद्धालु दर्शन के उपरांत लड्डू मंदिर परिसर के बाहर से खरीद सकते हैं।

यह बात हर्ष की है कि अब तिरुपति लड्डू को अपना नाम संरक्षित रखने का भौगोलिक अधिकार मिल गया है। इसका मतलब यह है कि तिरुपति मंदिर ट्रस्ट के अलावा और कोई भी अपने लड्डुओं को तिरुपति लड्डू के नाम से नहीं बेच पाएगा। ऐसा आंध्रप्रदेश के वेंकटेश्वर मंदिर का संचालन करने वाले तिरुमला तिरुपति देवस्थानम ट्रस्ट को तिरुपति लड्डू का भौगोलिक संकेतक यानी जीआई प्रमाण-पत्र मिलने के बाद संभव हो सका है। लोकप्रिय वस्तुओं को ब्रांड नाम दिए जाने का चलन दुनिया भर में है। एक बार ब्रांड मिल जाने के बाद उसकी नकल करना कानूनन अपराध होता है। तिरुमला तिरुपति देवस्थानम ट्रस्ट ने तिरुपति लड्डू के लिए जीआई सर्टिफिकेट के लिए अर्जी 31 मार्च 2008 में जमा करवाई थी।

चेन्नई स्थित ट्रेड मार्क एंड जियोग्राफिकल इंडिकेटर संस्था के सहायक रजिस्ट्रार जीएल वर्मा ने बताया कि तिरुपति लड्डू एक जाना माना नाम

है और इसके संरक्षण की अर्जी मिलने के बाद इसे भौगोलिक संकेतक अधिनियम के तहत जीआई सर्टिफिकेट दिया गया है।

तिरुपति लड्डू को लेकर भी भक्तिभाव लोगों में चरम पर है, लेकिन देश के कई शहरों में इस नाम से लड्डू बनाए जाने के कारण तिरुपति लड्डू की विशेषता नजर अंदाज हो रही थी, जो अब नहीं होगी।

जीएल वर्मा ने बताया कि तिरुपति लड्डू कोई ब्रांड नाम नहीं है, लेकिन जीआई सर्टिफिकेट मिलने के बाद इस नाम के लड्डू सिर्फ वेंकटेश्वर मंदिर के साथ ही जुड़ गए हैं। भारत भर में अब कोई भी मिठाई की दुकान तिरुपति लड्डू का नाम अपने लड्डुओं के लिए इस्तेमाल नहीं कर सकती। अगर कोई इसी नाम से लड्डू बेचने की कोशिश करेगा तो उसके विरूद्ध कानूनी कार्रवाई की जा सकती है। तिरुपति के बड़े-बड़े लड्डू अपने आकार ही नहीं बल्कि स्वाद के लिए भी जाने जाते हैं। लड्डू को लेकर कानूनी लड़ाई काफी दिनों से चल रही थी, लेकिन अब पेटेंट पर तिरुपति बोर्ड को जीत मिल गई है।

तिरुपति के इस लड्डू को पेटेंट तो सितंबर, 2009 में ही मिल गया था, जब लड्डू को भौगोलिक संकेत दे दिया गया था। भौगोलिक संकेत या जियोग्राफिकल इंडिकेटर का अर्थ ये है कि कोई चीज किसी जगह विशेष से जुड़ जाती है। तिरुपति लड्डू को जीआई टैग मिलते ही यह तिरुमला तिरुपति देवस्थानम बोर्ड से जुड़ गया है। इसके बाद बोर्ड ने पंजीयन संस्था को बताया कि ये लड्डू किस तरह से अलग है और क्यों इसकी अलग प्रतिष्ठा है।

तिरुपति देवस्थानम बोर्ड के संयुक्त कार्यकारी श्रीनिवास राजू कहते हैं कि ऐसा हुआ है तो बहुत अच्छा हुआ है। ये एक प्रतीक है। कानून के तहत ऐसा होता है तो सही रहता है। कानून था तो हमने लाभ उठाया। लोकप्रिय चीज है तो लोगों के दावे शुरू हो गए थे। अब अच्छा है कि जो हम बनाएँगे या देवस्थानम बनाएगा वही लड्डू अब तिरुपति लड्डू होगा, जो जहाँ का ओरिजिनल है जैसे धर्मावरम सिल्क है आंध्र का...तो

वो वहीं का होना चाहिए। जियोग्राफिकल इंडिकेशन रजिस्ट्री ने बोर्ड के दावे की पुष्टि कर दी है। बोर्ड का कहना था कि लड्डू की बढ़ती माँग के कारण कई लोग ये लड्डू बना कर बेच रहे हैं, जिसमें गलत चीजें डाली जा रही हैं और इसी कारण वो पेटेंट की माँग करते हैं।

इस जियो टैग के तहत अगर कोई तिरुपति लड्डू के नाम पर कोई और लड्डू बेचता पाया गया तो उसे सजा भी हो सकती है।

पर्यावरण का रक्षक

प्रतिदिन हजारों भक्तों की आवभगत करने वाला तिरुपति बालाजी मंदिर परिसर अब सही मायनों में पर्यावरण के अनुकूल बन रहा है। मंदिर को जितना गर्व अपने इतिहास और भक्तों की रोज की संख्या पर होता है अब पर्यावरण के लिए हो रहे कार्य से भी उतना ही गर्व होगा। ग्रीनडियाम्ज बायोटैक लिमिटेड और तिरुमला तिरुपति देवस्थानम् ट्रस्ट (टीटीडीटी) के बीच भक्तों में प्रसाद वितरण के लिए बायो-डिग्रेडेबल बैग्स उपलब्ध कराने के मकसद से एक समझौते पर हस्ताक्षर हुए हैं।

यह करार टीटीडीटी द्वारा मंदिर परिसर में प्लास्टिक थैलियों के इस्तेमाल पर प्रतिबंध लगाने से संबंधी ऐतिहासिक फैसले के बाद किया गया है, ताकि इस तीर्थस्थल को पर्यावरण अनुकूल बनाया जा सके। ग्रीनडियाम्ज बायोटैक ने अखिल भारतीय स्तर पर संपन्न बोली की प्रक्रिया के बाद इस साल फरवरी में यह महत्वपूर्ण करार हासिल किया है। समझौते के तहत ग्रीनडियाम्ज बायोटैक अपनी प्रॉपरायटरी ट्रू ग्रीन बायो-डिग्रेडेबल फिल्म से तैयार 25 लाख बैग्स की हर माह आपूर्ति करेगी। इन थैलियों का इस्तेमाल श्रद्धालुओं को वितरित किए जाने वाले प्रसाद की पैकेजिंग के लिए किया जाएगा। ग्रीनडियाम्ज बायोटैक द्वारा तैयार ये बैग 30-माइक्रॉन की मोटाई वाले होंगे और ये घी, तेल या नमी से खराब नहीं होते। मिट्टी में मिलने के लगभग 180 दिनों के बाद ये थैलियाँ खुद-ब-खुद नष्ट हो जाती हैं। ग्रीनडियाम्ज कई साल से इन थैलियों को लेकर व्यापक रिसर्च कर रही है और इन्हें यूरोपीय मानक

ईएन 13432 तथा अन्य संगठनों जैसे सीआईपीईटी (चेन्नई), इंडियन इंस्टीट्यूट ऑफ पैकेजिंग (मुंबई) तथा बीआईएस (ब्यूरो ऑफ इंडियन स्टैंडर्ड्स) द्वारा निर्धारित कसौटियों के आधार पर बनाया गया है।

तिरुपति बालाजी मंदिर में हर रोज 50,000 से भी ज्यादा श्रद्धालु पहुँचते हैं और सप्ताहांतों पर यह आंकड़ा एक लाख को पार कर जाता है। इससे जाहिर है कि मंदिर में पर्यावरण अनुकूल थैलों के प्रयोग से प्लास्टिक थैलियों के प्रयोग पर काफी हद तक कमी आएगी।

उत्सव : ब्रह्मोत्सव

तिरुपति का सबसे प्रमुख पर्व ब्रह्मोत्सवम है, जिसे मूलतः प्रसन्नता का पर्व माना जाता है। नौ दिनों तक चलने वाला यह पर्व साल में एक बार तब मनाया जाता है, जब कन्या राशि में सूर्य का आगमन होता है (सितंबर, अक्टूबर)। नौ दिनों तक चलने वाले इस उत्सव में निम्न कार्यक्रम आयोजित होते हैं :

- उत्सव की शुरुआत प्रथम दिन प्रातः ध्वजारोहण के साथ होती है और शाम को पेड्डा शेष उत्सव का आयोजन किया जाता है।
- दूसरे दिन प्रातः काल चिन्नाशेष वाहनम और शाम को हंस वाहनम का आयोजन होता है।
- तीसरे दिन प्रातः सिंह वाहनम और शाम को मुथपु पंडरी वाहनम उत्सव का आयोजन किया जाता है।
- चौथे दिन प्रातः कल्पवृक्ष वाहनम और शाम को सर्वभूपाल वाहनम का आयोजन किया जाता है।
- पांचवें दिन प्रातः मोहिनी अवतारम और संध्या को गरुढ़ सेवा का आयोजन किया जाता है।
- छठवें दिन प्रातः हनुमंत वाहनम और संध्या को स्वर्ण रथम और गज वाहनम का आयोजन किया जाता है।
- सातवें दिन प्रातः सूर्यप्रभा वाहनम और संध्या को चन्द्रप्रभा वाहनम

उत्सव आयोजित होता है।

- आठवें दिन प्रातः रथोत्वस और संध्या को अश्व वाहनम का आयोजन किया जाता है।
- उत्सव के अंतिम नवें दिन प्रातः पालकी उत्सवम् और चक्र स्नानम् उत्सव होता है और संध्या को स्वर्ण तिरुचि उत्सव तथा ध्वजारोहण से नौ दिवसीय कार्यक्रम का समापन हो जाता है।

इसके साथ ही यहाँ पर मनाए जाने वाले अन्य पर्व हैं : वसंतोत्सव, तपोत्सव, पवित्रोत्सव, अधिकामासम आदि।

विवाह संस्कार

यहाँ पर एक पुरोहित संगम है, जहाँ पर विभिन्न संस्कारों और रिवाजों को संपन्न किया जाता है। इसमें से प्रमुख संस्कार विवाह संस्कार, नामकरण संस्कार, उपनयन संस्कार आदि संपन्न किए जाते हैं। यहाँ पर सभी संस्कार उत्तर व दक्षिण भारत के सभी रिवाजों के अनुसार संपन्न किए जाते हैं।

रहने एवं खाने-पीने की व्यवस्था

तिरुमला में मंदिर के आसपास रहने की अत्यंत अच्छी व्यवस्था है। विभिन्न श्रेणियों के होटल व धर्मशाला यात्रियों की सुविधा को ध्यान में रखकर बनाए गए हैं। इनकी पहले से बुकिंग टीटीडी के केंद्रीय कार्यालय से कराई जा सकती है। सामान्यतः पूर्व बुकिंग के लिए अग्रिम धनराशि के साथ एक पत्र व सौ रुपए का एक ड्राफ्ट यहाँ पर भेजना पड़ता है। भक्तों के ठहरने के लिए वहाँ धर्मशाला से लेकर कॉटेज तक की पूरी व्यवस्था है...और इनका किराया...आप सुनेंगे तो आपको आश्चर्य होगा। महज 50 से 100 रुपए प्रतिदिन पर आपको यहाँ धर्मशाला और कॉटेज मिल जाता है, लेकिन इसके लिए आपको इंटरनेट से पहले ही बुकिंग लेनी पड़ती है। बालाजी के दर्शन के लिए सामान्य दिनों में करीब एक लाख और विशेष दिनों में पाँच लाख तक भक्तों की भीड़ होती है, इसलिए वहाँ जाकर रूम बुक कराने का विचार मन से निकाल दीजिए..

और हाँ यदि आपने दर्शन कर लिया है तो आपको अधिक देर तक रूम में रहने की अनुमति भी नहीं होती, क्योंकि कोई दूसरा भक्त उस रूम के लिए प्रतीक्षा कर रहा होता है। वैसे यहां निःशुल्क कमरे व डोरमेट्री में ठहरने की भी व्यवस्था है।

तिरुमला में

नित्य अन्ना दाना हॉल (मंदिर से एक किमी दूर, शॉपिंग कॉम्प्लेक्स के पास) में शाकाहारी खाना, चटनी, चावल, सांभर, रसम निःशुल्क मिलता है। रोजाना 25 हजार लोग यहाँ खाना खाते हैं। दक्षिण भारतीय भोजन के लिए सप्तगिरी वुडलैंड्स रेस्टोरेंट (सप्तगिरी गेस्टहाउस के पास) एक अच्छा विकल्प है। सस्ते खाने के लिए आप स्वामी पुष्करिणी तीर्थ के पास स्थित ढाबों का आनंद ले सकते हैं। तिरुमला के सभी रेस्टोरेंट्स में खाने की कीमत टीटीडी द्वारा निर्धारित की जाती है।

तिरुपति में

रामी गेस्टलाइन होटल के रेस्टोरेंट में शाकाहारी और मांसाहारी दोनों प्रकार का भोजन मिलता है। तिरुपति रेलवे स्टेशन के पास सेल्फ सर्विस उपलब्ध कराने वाला दीपम फूड प्लाजा में बड़ी संख्या में यात्री आते हैं। यहाँ सफाई का खास ध्यान रखा जाता है। एपीटीडीसी द्वारा संचालित पुन्नमी रेस्टोरेंट में सस्ता, स्वादिष्ट और स्वच्छ भोजन मिलता है। तिरुपति में ठहरने के लिए गोपी कृष्ण डीलक्स होटल, वसंतविहार लॉज, भीमाज होटल, विष्णुप्रिया होटल तथा मौर्य होटल प्रमुख हैं।

खरीदारी

तिरुपति में चंदन की लकड़ी से बनाई गई भगवान वेंकटेश्वर और पद्मावती की मूर्तियाँ प्रसिद्ध हैं। यहाँ पर वैसे कलाकार भी हैं, जिससे आप चावल के दानों पर अपना नाम लिखवा सकते हैं। यह वास्तव में एक अनोखी चीज है, जिसे यादगार के तौर पर अपने पास रखा जा सकता है। आंध्र प्रदेश सरकार के लिपाक्षी इंपोरियम में पारंपरिक

हस्तशिल्प और वस्त्रों की बुनाई के विभिन्न रूप देखने को मिलते हैं। मंदिर में वेंकटेश्वर की तस्वीर वाले सोने से सिक्के भी बेचे जाते हैं।

भाषा

हम पहले ही बता चुके हैं कि यहाँ के लोग मुख्यतः तेलुगू बोलते हैं। लेकिन हिन्दी, तमिल कन्नड़ और अंग्रेजी समझने वाले लोगों की भी बड़ी संख्या है।

तापमान

गर्मियों में अधिकतम 43 डि. और न्यूनतम 22 डि., सर्दियों में अधिकतम 32 डि. और न्यूनतम 14 डि. तापमान रहता है।

मौसम

तिरुपति में आमतौर पर वर्षभर गर्मी होती है। तिरुमला की पहाड़ियों में वातावरण ठंडा होता है। यहाँ का मौसम कुछ लोग सुहाना कहते हैं, क्योंकि सर्दियों में स्वेटर पहनने की आवश्यकता नहीं होती।

कैसे पहुँचें

यह स्थान रेल, बस एवं हवाई मार्ग द्वारा कई शहरों से जुड़ा है। तिरुपति से तिरुमला जाने के लिए लिंक बस सेवा तथा टैक्सी मिलती है। आवागमन के लिए यहाँ पर कोई समस्या नहीं है। तिरुपति ही नहीं संपूर्ण आंध्र प्रदेश में यातायात की व्यवस्था बड़ी ही सुंदर है। उत्तर भारत की अपेक्षा यहाँ यातायात अधिक सुलभ है।

हवाई मार्ग

यहाँ से निकटतम हवाई अड्डा तिरुपति है। इंडियन एयरलाइंस की हैदराबाद, दिल्ली और तिरुपति के बीच प्रतिदिन सीधी उड़ान उपलब्ध है। तिरुपति पर एक छोटा-सा हवाई अड्डा है, जहाँ पर मंगलवार और शनिवार को हैदराबाद से फ्लाइट मिल सकती है। तत्पश्चात् एपीएसआरटीसी की बस सेवा भी उपलब्ध है जो परिसर तक पहुँचाने में केवल 20 मिनट लेती है। आंध्र प्रदेश में पाँच हवाई अड्डे हैं : हैदराबाद

(राजीव गांधी अंतर्राष्ट्रीय) (राज्य में सबसे बड़ा), विशाखापट्नम, विजयवाड़ा, राजमंड्री और तिरुपति। सरकार द्वारा अन्य छह शहरों में हवाई अड्डे शुरू करने की योजना है : नेल्लूर, वारंगल, कडपा, ताडेपल्लीगुडेम, रामगुंडेम और ओंगोल।

रेल मार्ग

यहाँ से सबसे पास का रेलवे जंक्शन तिरुपति है। यहाँ से बैंगलोर, चेन्नई और हैदराबाद के लिए हर समय ट्रेन उपलब्ध है। तिरुपति के पास के शहर रेनिगुंटा और गुंटूर तक भी ट्रेन चलती है। तिरुपति के लिए सभी प्रमुख शहरों से जाया जा सकता है।

सड़क मार्ग

आंध्र प्रदेश के विभिन्न भागों से तिरुपति और तिरुमला के लिए एपीएसआरटीसी की बसें नियमित रूप से चलती हैं। टीटीडी भी तिरुपति और तिरुमला के बीच निःशुल्क बस सेवा उपलब्ध कराती है। यहाँ के लिए टैक्सी भी मिलती है। राज्य द्वारा कुल 1,46,944 कि.मी. लंबी सड़कों का अनुरक्षण किया जाता है, जिसमें राज्य राजमार्ग 42,511 कि.मी., राष्ट्रीय राजमार्ग 2949 कि.मी. और जिला सड़कें 1,01,484 कि.मी. शामिल हैं। आंध्र प्रदेश में वाहन के विकास की दर 16 प्रतिशत होते हुए देश में सबसे अधिक है। आंध्र प्रदेश राज्य सड़क परिवहन निगम आंध्र प्रदेश सरकार के स्वामित्व वाली प्रमुख सार्वजनिक परिवहन निगम है, जो सभी शहरों और गाँवों को जोड़ती है। सबसे बड़ा वाहनों का बेड़ा रखने और प्रतिदिन सबसे अधिक क्षेत्र आवृत करने, आवाजाही के लिए एपीआरएसटीसी को गिनीज बुक ऑफ वर्ल्ड रिकॉर्ड का भी गौरव हासिल है। इनके अलावा, राज्य के प्रमुख शहरों और कस्बों को जोड़ते हुए कई निजी ऑपरेटर हजारों बसें चलाते हैं। कार, मोटरयुक्त स्कूटर और साइकिल की तरह निजी वाहनों ने भी शहर और आसपास के गाँवों में स्थानीय परिवहन के एक बड़े हिस्से को घेर रखा है। तिरुपति में विदेशी यात्री जलयान के द्वारा भी आ सकते हैं, लेकिन उन्हें पहले आंध्र

के बंदरगाहों तक ही आना होगा और फिर सड़क या हवाई मार्ग चुनना होगा। आंध्र प्रदेश के पास विशाखापट्नम और काकीनाडा में भारत के दो प्रमुख बंदरगाह हैं और मछलीपट्नम, निजामपट्नम (गुंटूर) और कृष्णपट्नम में तीन छोटे बंदरगाह हैं। विशाखपट्नम के निकट गंगावरम में एक और निजी बंदरगाह विकसित किया जा रहा है।

यह गहरा समुद्र पत्तन, बड़े समुद्री जहाजों को भारतीय तट में प्रवेश अनुमत करते हुए, 200,000-250,000 डीडब्ल्यूटी तक के समुद्री जहाजों को जगह दे सकता है।

चेन्नई से तिरुपति के लिए कई बसें और टैक्सियाँ चलती हैं, जो सीधे आपको इस मंदिर तक पहुँचा देंगी। इस मंदिर के दर्शन के लिए टोकन और टिकट सुविधा है, जिसे लाइन में लगकर मंदिर प्रांगण से खरीदा जा सकता है।

आंध्र की कुछ गुफाएँ और अन्य सुंदर स्थल

पर्यटन विभाग द्वारा आंध्र प्रदेश का प्रचार भारत का कोहिनूर के रूप में किया जा रहा है। आंध्र प्रदेश कई धार्मिक तीर्थ केंद्रों का घर है। तिरुपति, भगवान वेंकटेश्वर का निवास, दुनिया में सबसे ज्यादा देखा जाने वाला (किसी भी धर्म का) धार्मिक केंद्र है। नल्लमला पहाड़ियों में बसा श्रीशैलम, श्री मल्लिकार्जुन का निवास है और भारत के बारह ज्योतिर्लिंगों में एक है। अमरावती का भगवान शिव मंदिर पंचाराममों में एक है, वैसे ही यादगिरीगुट्टा में विष्णु के अवतार श्री लक्ष्मी नरसिंह का वास है। मंदिर की नक्काशियों के लिए वरंगल में स्थित रामप्पा मंदिर और हजार स्तंभों का मंदिर प्रसिद्ध है। राज्य में अमरावती, नागार्जुन कोंडा, भट्टीप्रोलु, घंटशाला, नेलकोंडपल्ली, धूलिकट्टा, बाविकोंडा, तोट्लकोंडा, शालिगुंडेम, पावुरालकोंडा, शंकरम, फणिगिरि और कोलनपाका में कई बौद्ध केंद्र हैं। 6वीं शताब्दी में बादामी चालुक्यों ने (बादामी कर्नाटक में है) आलमपुर के ब्रह्मा मंदिर का निर्माण किया, जो चालुक्य कला और शिल्प-कला का एक उत्कृष्ट उदाहरण है। विजयनगर साम्राज्य ने असंख्य स्मारक, श्रीशैलम

मंदिर और लेपाक्षी मंदिरों का निर्माण किया। विशाखापट्नम में गोल्डन बीच, बोर्रा में एक लाख वर्ष पुराने चूना-पत्थर की गुफाएँ, सुरम्य अरकु घाटी, हॉर्सले पहाड़ियों के हिल-रिसॉर्ट, पापी कोंडलु के संकरे रास्ते से गोदावरी नदी में नौका-दौड़, इट्टिपोतला, कुंतला के झरने और तालकोना में समृद्ध जैव-विविधता, इस राज्य के कुछ प्राकृतिक आकर्षणों में शामिल हैं। कैलाशगिरि विशाखापट्नम में समुद्र के पास है। कैलाशगिरि पहाड़ी की चोटी पर एक बगीचा है। विशाखापत्तनम, करासुरा पनडुब्बी संग्रहालय (भारत में अपनी तरह का अकेला), भारत का सबसे लंबा समुद्र-तटीय सड़क, यारडा समुद्र-तट, अरकु घाटी पार्क, और इंदिरा गांधी चिड़ियाघर जैसे कई पर्यटक आकर्षणों का घर है।

आंध्र में प्रसिद्ध बोर्रा गुफाएँ भी हैं, जो विशाखापट्नम के समीप पूर्वी घाट के अनंतगिरि पहाड़ियों में स्थित हैं। ये मध्यम समुद्री तल से लगभग 800 से 1300 मीटर की ऊँचाई पर हैं, और लाखों बरस पहले के आरोही और अवरोही निक्षेप के लिए प्रसिद्ध हैं।

वर्ष 1807 में ब्रिटिश भूविज्ञानी विलियम किंग जॉर्ज द्वारा इनकी खोज की गई। गुफा का नाम गुफा के अंदर के एक गठन से पड़ा है, जो देखने में मानव मस्तिष्क जैसा लगता है, जिसे स्थानीय भाषा तेलुगू में बुर्रा कहा जाता है। इसी तरह, बेलम गुफाओं का गठन करोड़ों साल पहले चित्रावती नदी द्वारा चूना-पत्थर संग्रहों के कटाव द्वारा हुआ। इन चूना-पत्थर की गुफाओं का गठन कार्बनिक एसिड या चूना-पत्थर और पानी के बीच प्रतिक्रिया की वजह से हल्के अम्लीय भूमिगत जल की क्रिया के फलस्वरूप हुआ है।

बेलम गुफाएँ भारतीय उप महाद्वीप में दूसरी सबसे बड़ी गुफा-प्रणाली है। बेलम गुफाओं का नाम, गुफा के लिए संस्कृत में प्रयुक्त शब्द बैलम से व्युत्पन्न है। तेलुगू में ये गुफाएँ बेलम गुहलु नाम से जानी जाती हैं। बेलम गुफाओं की लंबाई 3229 मीटर होते हुए, उसे भारतीय उपमहाद्वीप की दूसरी सबसे बड़ी प्राकृतिक गुफा बनाती है। बेलम गुफाओं में लंबे

गलियारे, विशाल कोठरियाँ, मीठे पानी की सुरंग और नालियाँ हैं। गुफा का गहरा बिंदु 120-फुट (37 मी.) प्रवेश द्वार से है और यह पातालगंगा के रूप में जाना जाता है।

हॉर्सले पहाड़ी की ऊंचाई 1265 मीटर है, और यह आंध्र प्रदेश का प्रसिद्ध गर्मियों का पहाड़ी सैरगाह है, जो बेंगलूर से लगभग 160 कि.मी. दूर और तिरुपति से 144 कि.मी. की दूरी पर है। इसके पास मदनपल्ली शहर बसा है। प्रमुख पर्यटकों के लिए आकर्षणों में मल्लम्मा मंदिर और ऋषि वैली स्कूल शामिल हैं। 87 कि.मी. की दूरी पर हार्सले पहाड़ी कौंडिन्या वन्यजीव अभयारण्य के लिए प्रस्थान बिंदु है।

रंग-बिरंगे फूलों से भरा 'हॉर्सले हिल्स' सही मायने में धरती पर स्वर्ग सा लगता है। यह आंध्र प्रदेश का एक छोटा पर खूबसूरत हिल स्टेशन है। 'हॉर्सले हिल्स' शायद यह नाम आपके लिए नया हो। दरअसल, हॉर्सले हिल्स आंध्र प्रदेश का छोटा पर अत्यंत सुंदर हिल स्टेशन है। सन्दीप पंवार के अनुसार, इस जगह का नाम ब्रिटिश ऑफिसर डब्ल्यू. डी. हॉर्सले के नाम पर पड़ा, जो यहाँ अकसर गर्मी की छुट्टियाँ बिताने आया करते थे। समुद्र तल से 1,265 मीटर की ऊँचाई पर स्थित हॉर्सले हिल्स की छायादार ढलानें महँगी वनस्पतियों और रंग-बिरंगे फूलों से भरी हैं, जो देखने में किसी स्वर्ग से कम नहीं लगतीं।

इस जगह की यात्रा किसी को भी रोमांच से भर देने के लिए काफी है, क्योंकि यहाँ किस्म-किस्म के पेड़-पौधे और फूलों के अलावा जंगली जानवर भी देखने को मिल जाएँगे। साथ ही सड़क के दोनों तरफ घने जकारांडा, अलामांडा, गुलमोहर और कई अन्य प्रकार के खूबसूरत और रंग-बिरंगे फूलों वाले पेड़ बरबस ही अपनी खूबसूरती से टूरिस्ट को अपनी ओर आकर्षित करते हैं। हॉर्सले हिल्स की प्राकृतिक खूबसूरती और नजारा सही मायने में अत्यन्त सम्मोहक है। कई विदेशी टूरिस्टों का तो यह ऑल टाइम फेवरेट स्पॉट है। जो भी एक बार हॉर्सले हिल्स की वादियों में आता है, वह यहाँ दोबारा आने के प्रलोभन से बच नहीं पाता। समपैन्गी फूलों

की खुशबू और पहाड़ों का भव्य व असाधारण नजारा सभी टूरिस्टों को यहाँ बार-बार आने का न्यौता देता है।

कनडिन्या वाइल्ड लाइफ सैंचुरी हॉर्सले हिल्स से 87 किमी दूर स्थित है, जो बेहद ही आकर्षक है। यहाँ आप चीतल, चार सींगों वाला चिंकारा, सांभर, माउस डियर, खरगोश, जंगली सुअर, साही, जंगली बिल्ली, पैंथर, सियार, जंगल फाउल, पी फाउल और हाथी को इधर-उधर घूमते-झूमते देख सकते हैं।

सैंचुरी में पीपल, बाँस आदि के ऊँचे-ऊँचे पेड़ इस जगह की खूबसूरती में चार-चाँद लगाते हैं। ऋषि वैली स्कूल भी टूरिस्टों के लिए मुख्य आकर्षण का केंद्र है। साथ ही मल्लम्मा मंदिर भी आप चाहें तो देख सकते हैं। हॉर्सले हिल्स अपनी फ्लोरा के लिए भी शुरू से ही मशहूर रहा है। यहाँ कई किस्म के फूल और पेड़-पौधे जैसे रीटा, चंदन, शिकाकाई, आँवला, तेज पत्ता, ब्लू गम, रेड सैंडर्स आदि दिख जाएँगे।

यहाँ स्थित 150 साल पुराने यूकेलिप्टस के पेड़ 'कल्यानी' को देखने के लिए टूरिस्ट सबसे ज्यादा आते हैं। यहाँ का मौसम साल भर ठंडा रहता है। ऐसा इसलिए क्योंकि हिल रिजॉर्ट के तापमान में कभी कोई भारी उतार-चढ़ाव नहीं देखा जाता। इसलिए आप ट्रिप की प्लानिंग किसी भी महीने में कर सकते हैं। जब भी आंध्र प्रदेश जाएँ, हॉर्सले हिल्स जाने के चांस को मिस न करें।

चारमीनार (हैदराबाद), गोलकोंडा किला, चंद्रगिरि किला, चौमुहल्ला पैलेस और फलकनुमा पैलेस राज्य के कुछ अन्य महत्वपूर्ण स्मारक हैं।

कृष्णा जिला के विजयवाडा में कनकदुर्गा मंदिर, द्वारका तिरुमला में वेंकटेश्वर मंदिर, पश्चिम गोदावरी जिला (इसे चिन्ना तिरुपति भी कहा जाता है), श्रीकाकुलम जिले के अरसवेल्ली में सूर्य मंदिर भी आंध्र प्रदेश में देखने लायक स्थान हैं। अन्नवरम सत्यनारायण स्वामी का मंदिर पूर्वी गोदावरी जिले में है।

परिशिष्ट

पावन स्तोत्रम् और मंत्र

श्रीवेङ्कटेश स्तोत्रम्

❋

वेङ्कटेशो वासुदेवः प्रद्युम्नोऽमितविक्रमः।
सङ्कर्षणोऽनिरुद्धश्च शेषाद्रिपतिरेव च ॥1॥

जनार्दनः पद्मनाभो वेङ्कटाचलवासनः।
सृष्टिकर्ता जगन्नाथो माधवो भक्तवत्सलः ॥2॥

गोविन्दो गोपतिः कृष्णः केशवो गरुडध्वजः।
वराहो वामनश्चैव नारायण अधोक्षजः ॥3॥

श्रीधरः पुण्डरीकाक्षः सर्वदेवस्तुतो हरिः ।
श्रीनृसिंहो महासिंहः सूत्रकारः पुरातनः ॥4॥

रमानाथो महीभर्ता भूधरः पुरुषोत्तमः।
चोलपुत्रप्रियः शान्तो ब्रह्मादीनां वरप्रदः ॥5॥

श्रीनिधिः सर्वभूतानां भयकृद्भयनाशनः।
श्रीरामो रामभद्रश्च भवबन्धैकमोचकः ॥6॥

भूतावासो गिरावासः श्रीनिवासः श्रियः पतिः।
अच्युतानन्तगोविन्दो विष्णुर्वेङ्कटनायकः ॥7॥

सर्वदेवैकशरणं सर्वदेवैकदैवतम्।
समस्तदेवकवचं सर्वदेवशिखामणिः ॥8॥

इतीदं कीर्तनीयस्य विष्णोरमिततेजसः ।
त्रिकाले यः पठेन्नित्यं पापं तस्य न विद्यते ॥9॥

राजद्वारे पठेदधोरे सङ्ग्रामे रिपुसंकटे ।
भूतसर्पपिशाचादिभयं नास्ति कदाचन ॥10॥

अपुत्रो लभते पुत्रान् निर्धनो धनवान् भवेत् ।
रोगार्तो मुच्यते रोगाद्बद्धो मुच्येत बन्धनात् ॥11॥

यद्यदिष्टतमं लोके तत्तत्प्राप्नोत्यसंशयः ।
ऐश्वर्यं राजसन्मानं भुक्तिमुक्तिफलप्रदम् ॥12॥

विष्णुर्लोकैकसोपानं सर्वदुःखैकनाशनम् ।
सर्वैश्वर्यप्रदं नृणां सर्वमङ्गलकारकम् ॥13॥

मायावी परमानन्दं त्यक्तवा वैकुण्ठमुत्तमम् ।
स्वामिपुष्करिणीतीरे रमया सह मूदते ॥14॥

कल्याणाद्भुतगात्राय कामितार्थप्रदायिने ।
श्रीमद्वेङ्कटनाथाय श्रीनिवासाय ते नमः ॥15॥

वेङ्कटाद्रिसमं स्थानं ब्रह्माण्डे नास्ति किंचन ।
वेङ्कटेशसमो देवो न भूतो न भविष्यति ।
एतेन सत्यवाक्येन सर्वार्थान्-साधयाम्यहम् ॥16॥

॥इति श्री ब्रह्माण्डपुराणे ब्रह्मनारदसंवादे वेङ्कटेशस्तोत्रं सम्पूर्णम्॥

श्रीभद्रलक्ष्मी स्तोत्रम्

❋

श्रीदेवी प्रथमं नाम द्वितीयममृतोद्भवा ।
तृतीयं कमला प्रोक्ता चतुर्थं लोकसुन्दरी ॥1॥

पंचमं विष्णुपत्नीति षष्ठं श्रीवैष्णवीति च।
सप्तमं तु वरारोहा अष्टमं हरिवल्लभा ॥2॥

नवमं शार्ङ्गिणी प्रोक्ता दशमं देवदेविका ।
एकादशं महालक्ष्मीर्द्वादशं लोकसुन्दरी ॥3॥

श्रीः पद्मा कमला मुकुन्दमहिषी लक्ष्मीस्त्रीलोकेश्वरी ।
मा क्षीराब्धिसुताऽरविन्दजननी विद्या सरोजात्मिका ॥4॥

सर्वाभीष्टफलप्रदेति सततं नामानि ये द्वादश ।
प्रातः शुद्धतराः पठन्ति सततं सर्वांल्लभन्ते शुभान् ॥5॥

भद्रलक्ष्मीस्तवं नित्यं पुण्यमेतच्छुभावहम् ।
काले स्नात्वाऽपि कावेर्यां जप श्रीवृक्षसन्निदौ ॥6॥

॥इति श्री भद्रलक्ष्मीस्तोत्रं संपूर्णं॥

श्रीमन नारायण

❋

श्रीमन नारायण...श्रीमन नारायण...श्रीमन नारायण...
गोविन्दा गोविन्दा...जय तिरुपति बालाजी
तिरुपति बालाजी जय जय नारायण नारायण हरि हरि
सुख-वरण प्रभु, नारायण हे, दुःख-हरण प्रभु, नारायण हे,
तिरलोकपति, दाता, सुखधाम, स्वीकारो मेरे परनाम,
प्रभु, स्वीकारो मेरे परनाम...

मन वाणी में वो शक्ति कहाँ, जो महिमा तुम्हारी गान करें,
अगम अगोचर अविकारी, निर्लेप हो, हर शक्ति से परे,
हम और तो कुछ भी जाने ना, केवल गाते हैं पावन नाम,
स्वीकारो मेरे परनाम, प्रभु, स्वीकारो मेरे परनाम...

आदि मध्य और अन्त तुम्हीं, और तुम ही आत्म अधारे हो,
भगतों के तुम प्राण, प्रभु, इस जीवन के रखवारे हो,
तुम में जीवें, जनमें तुम में, और अन्त करें तुम में विश्राम,
स्वीकारो मेरे परनाम, प्रभु, स्वीकारो मेरे परनाम...

चरन कमल का ध्यान धरूँ, और प्राण करें सुमिरन तेरा,
दीनाश्रय, दीनानाथ प्रभु, भव बंधन काटो हरि मेरा,
शरणागत के (घन)श्याम हरि, हे नाथ, मुझे तुम लेना थाम,
स्वीकारो मेरे परनाम, प्रभु, स्वीकारो मेरे परनाम...

श्री वेङ्कटेश सुप्रभातम्

❋

कौशल्या सुप्रजा रामा
पूर्वा सन्ध्या प्रवर्तते ।
उत्तिष्ठ नरशार्दूल
कर्तव्यं दैवमाह्निकम् ॥1॥

उत्तिष्ठोत्तिष्ठगोविन्द
उत्तिष्ठगरुडध्वज।
उत्तिष्ठ कमलाकान्त
त्रैलोक्यं मंग्गलं कुरु ॥2॥

मातस्समस्तजगताम् मधुकैटभेः
वक्षोविहारिणि मनोहर दिव्यमुर्ते ।
श्रीस्वामिनि श्रितजन प्रियदान शीले
श्रीवेंकटेश दयिते तव सुप्रभातम् ॥3॥

तव सुप्रभातम् अरविन्दलोचने
भवतु प्रसन्नमुख चन्द्रमण्डले ।
विधिशङ्करेन्द्र वनिताभिराचिते
वृषशैलनाथदयिते दयानिधे ॥4॥

अत्रेयादि सप्तऋषयास्समुपास्य सन्ध्याम्
आकाशसिन्धु कमलानि मनोहराणि ।
आदाय पादयुगमर्चयितुम् प्रपन्नाः
शेशाद्रि शेखर विधो तव सुप्रभातम् ॥5॥

पंचाननाब्जभव शण्मुख वासवाद्याः
त्रैविक्रमादिचरितम् विबुधाः स्तुवन्ति ।
भाषापतिः पठति वासर शुद्धिमारात्
शेषाद्रिशेखर विधो तव सुप्रभातम् ॥6॥

ईष्ट प्रफुल्ल सरसीरुह नारिकेल
पूगदु्र्मादि सुमनोहर पालिकानाम्
आवाति मन्दमनिलस्सह दिव्यगन्धैः
शेषाद्रि शेखर विभो तव सुप्रभातम् ॥7॥

उन्मील्य नेत्र्युगमुत्तम पन्ज्चरस्थाः
पात्रावशिष्ट कदलीफल पायसानि ।
भुक्तवा सलिलमथ केलिसुखाः पठन्ति
शेषाद्रि शेखर विभो तव सुप्रभातम् ॥8॥

तन्त्री प्रकर्ष मधुरस्वनया विपन्ज्च्या
गायत्र्यन्तचरितम् तव नारदोशि्प।
भाषासमग्रमसकृत करचार रम्यम्
शेषाद्रि शेखर विभो तव सुप्रभातम् ॥9॥

भ्रृङ्गावली च मकरन्द रानुविद्ध
जन्कारगीत निनदैस्सह सेवनाय।
निर्यात्युपान्त सरसी कमलोदरेभ्यः
शेषाद्रि शेखर विभो तव सुप्रभातम् ॥10॥

योषागणेन वरदध्नि विमत्यमाने
घोषालयेषु दधिमन्थन तीव्रघोषाः।
रोषात्कलिम्क् विदधते ककुभश्च कुम्भाः
शेषाद्रि शेखर विभो तव सुप्रभातम् ॥11॥

पद्मेश मित्र शतपत्र गतालिवर्गाः
हर्तुम् श्रियम् कुवलयस्य निग्गलक्ष्म्या ।
भेरी निनादमिव बिभ्रति तीव्रनादम्
शेषाद्रि शेखर विभो तव सुप्रभातम् ॥12॥

श्रीमान् नभीष्ट वरदाखिल लोक बन्धो
श्रीश्रीनिवास जगदेक दयैक सिन्धो ।
श्रीदेवता गृह भुजान्तर दिव्यमूर्ते
श्रीवेङ्कटाचलपते तव सुप्रभातम् ॥13॥

श्रीस्वामि पुष्करिणिकास्स्प्लव निर्मलान्ग्गाः
श्रेयोऽर्थिनो हरविरिन्ज्चसनन्दनाद्याः ।
द्वारे वसन्ति वरव्वेत्र हतोत्तमान्ग्गाः
श्रीवेङ्कटाचलपते तव सुप्रभातम् ॥14॥

श्रीशेषशैल गरुडाचल वेङ्कटाद्रि
नारायणाद्रि वृषभाद्रि वृषाद्रि मुख्याम् ।
अख्याम् त्वदीय वसतेरनिशम् वदन्ति
श्रीवेङ्कटाचलपते तव सुप्रभातम् ॥15॥

शेवापराः शिव सुरेश कृशानु धर्म
रक्षोऽम्बुनाथ पवमान धनाधिनाथाः ।
बद्धान्ज्जलि प्रविलसन् निज शीर्ष देशाः
श्रीवेङ्कटाचलपते तव सुप्रभातम् ॥16॥

धाटीषु ते विहगराज मृगाधिराज
नागाधिराज गजराज हयाधिराजः ।
बद्धान्ज्जलि प्रविलसन् निज शीर्ष देशाः
श्रीवेङ्कटाचलपते तव सुप्राभतम् ॥17॥

सूर्येन्दु भौम बुधवाकपति काव्य सौरि
स्वर्भानु केतु द्विषत्परिषत्प्रधानाः।
त्वद्दास दास चरमावधि दास दासाः
श्रीवेङ्कटाचलपते तव सुप्रभातम् ॥18॥

त्वत्पादधूलि भरित स्फुरितोत्तमाङ्गाः
स्वर्गापवर्ग निरपेक्ष निजान्तरङ्गाः।
कल्पागमाकलनयाऽऽकुलतां लभन्ते
श्रीवेङ्कटाचलपते तव सुप्रभातम् ॥19॥

त्वद्गोपुराग्रशिखराणि निरीक्षमाणाः
स्वर्गापवर्गपदवीं परमां श्रयन्तः।
मर्त्या मनुष्यभुवने मतिमाश्रयन्ते
श्रीवेङ्कटाचलपते तव सुप्रभातम् ॥20॥

श्रीभूमिनायक दयादिगुणामृताब्धे
देवाधिदेव जगदेकशरण्यमूर्ते।
श्रीमन्ननन्त गरुडादिभिरर्चिताङ्घ्रे
श्रीवेङ्कटाचलपते तव सुप्रभातम् ॥21॥

श्रीपद्मनाभ पुरुषोत्तम वासुदेव
वैकुण्ठ माधव जनार्दन चक्रपाणे
श्रीवत्सचिह्न शरणागतपारिजात
श्रीवेङ्कटाचलपते तव सुप्रभातम् ॥22॥

कन्दर्पदर्पहर सुन्दर दिव्यमूर्ते
कान्ताकुचाम्बुरुह कुट्मल लोलकृष्टे।
कल्याणनिर्मलगुणाकर दिव्यकीर्ते
श्रीवेङ्कटाचलपते तव सुप्रभातम् ॥23॥

मीनाकृते कमठ कोल नृसिंह वर्णिन्
स्वामिन् परश्वथतपोधन रामचन्द्र
शेषांशराम यदुनन्दन कल्किरूप
श्रीवेङ्कटाचलपते तव सुप्रभातम् ॥24॥

एला लवङ्ग घनसारसुगन्धितीर्थं
दिव्यं वियत्सरिति हेमघटेषु पूर्णम्
धृत्वाऽद्य वैदिक शिखामणयः प्रहृष्टाः
तिष्ठन्ति वेङ्कटपते तव सुप्रभातम् ॥25॥

भास्वानुदेति विकचानि सरोरुहाणि
संपूरयन्ति निनदैः ककुभो विहङ्गाः
श्रीवैष्णवास्सततमर्थितमङ्गलास्ते
धामाश्रयन्ति तव वेङ्कट सुप्रभातम् ॥26॥

ब्रह्मादयः सुरवरास्समहर्षयस्ते
सन्तस्सनन्दन मुखास्त्वथ योगिवर्याः
धामान्तिके तव हि मङ्गलवस्तुहस्ताः
श्रीवेङ्कटाचलपते तव सुप्रभातम् ॥27॥

लक्ष्मीनिवास निरवद्यगुणैकसिन्धो
संसार सागर समुत्तरणैकसेतो
वेदान्तवेद्यनिजवैभव भक्तभोग्य
श्रीवेङ्कटाचलपते तव सुप्रभातम् ॥28॥

इत्थं वृषाचलपतेरिह सुप्रभातम्
ये मानवाः प्रतिदिनं पठितुं प्रवृत्ताः
तेषां प्रभातसमये स्मृतिरङ्गभाजां
प्रज्ञां परार्थसुलभां परमां प्रसूते ॥29॥

॥ इति वेङ्कटेश सुप्रभातम्॥

गायत्री मंत्र

ॐ भूर्भुवः स्वः तत्सवितुर्वरेण्यं
भर्गो देवस्य धीमहि
धियो यो नः प्रचोदयात्।

भावार्थ

उस प्राण स्वरूप, दुःखनाशक, सुखस्वरूप, श्रेष्ठ, तेजस्वी, पापनाशक, देवस्वरूप परमात्मा को हम अंतःकरण में धारण करें। वह परमात्मा हमारी बुद्धि को सन्मार्ग में प्रेरित करे। अर्थात् सृष्टिकर्ता प्रकाशमान परमात्मा के प्रसिद्ध पवणीय तेज का (हम) ध्यान करते हैं, वे परमात्मा हमारी बुद्धि को (सत् की ओर) प्रेरित करें।

श्रीवेंकटेश्वर व्रत कथा

बहुत पहले की बात है। तिरुपति मंदिर का मुख्य पुजारी सुबह स्नानादि करके जैसे ही भगवान की पूजा-अर्चना करने प्रभु वेंकटेश्वर के दरबार में उपस्थित हुआ, तो उसने देखा कि भगवान के पावन चरणों में एक स्वर्ण-पट्टिका रखी हुई है, जिस पर हीरे-मोती जड़े हुए थे और हीरो से ही एक आलेख लिखा हुआ था। पुजारी ने वह आलेख ध्यान से पढ़ा।

वह था : 'इस मंदिर में आज एक ऐसा भक्त आएगा, जो मानवमात्र का हितैषी है, जनकल्याण के लिए शुभ कार्य करता है और उसका यश स्वर्गलोक तक भी पहुँच गया है। यह स्वर्ण-पट्टिका भगवान की ओर से उसी भक्त के लिए सम्मान पात्र है।

पुजारी को यह सब पढ़कर बड़ा आश्चर्य हुआ। उसी समय राजा विजयध्वज मंदिर में भगवान के दर्शन के लिए आए, तो पुजारी ने वह स्वर्ण-पट्टिका राजा के हाथ में रख दी। राजा ने पढ़ा, लेकिन जैसे ही वे पढ़कर हटे कि स्वर्ण-पट्टिका मिट्टी में बदल गई, तो राजा ने पुजारी से कहा, "इसे आप ही रख लीजिए। मैं तो इसके योग्य नहीं हूँ। यदि योग्य होता तो यह मिट्टी में न बदलती।"

उसके बाद राजा वहीं मंदिर में ठहर गए, क्योंकि वे देखना चाहते थे कि ऐसा कौन पात्र है, जो इस स्वर्ण-पट्टिका के सम्मान को पाने का अधिकारी है। उस दिन मंदिर में अनेक भक्त आए। एक से बढ़कर एक दान पुण्य करने वाले। वह स्वर्ण-पट्टिका सबके हाथों में दी गई, लेकिन जिस किसी के भी हाथ में जाती मिट्टी में बदल जाती।

शाम होने वाली थी, मंदिर के द्वार बंद होने को ही थे कि एक बहुत ही दरिद्र आदमी आ पहुँचा भगवान के दर्शन के लिए। उसके कपड़े फटे हुए थे और पैरों में जूती भी नहीं थी। पुजारी ने उसे देखते ही कहा, "बाबा भिखारी होकर अंदर क्यों आते हो? भक्त लोग बाहर द्वार पर ही दान-दक्षिणा दे देंगे।"

"मैं भिखारी नहीं तीर्थयात्री हूँ, भगवान के दर्शन के लिए आया हूँ।"

"लेकिन शाम के समय क्यों आए?"

"चला तो सुबह ही था, लेकिन ये पहाड़ियों का रास्ता बड़ा लंबा है और ऊपर से काँटे और झाड़ियों के पेड़ रास्ते में बहुत थे, इसलिए मैं दिनभर रास्ता साफ करता रहा, ताकि किसी तीर्थयात्री को कष्ट न हो।"

"अच्छी बात है, चलो कर लो दर्शन।"

उसने भगवान के दर्शन किए, तभी किसी ने कहा, "स्वर्ण-पट्टिका इसके हाथ में भी रखकर देखो।"

"इस भिखारी के हाथ पर..." कहते हुए हँस दिया था पुजारी। लेकिन राजा जो अब तक मंदिर में डटा हुआ था, वह गंभीर था। उसने कहा, "इसमें हँसने की क्या बात है, क्या धनवान ही परोपकारी होते हैं, निर्धन नहीं हो सकते, फिर इसने तो लोगों के पथ के काँटे चुने हैं। इसलिए इसे भी स्वर्ण-पट्टिका को हाथ में लेने का अवसर मिले।"

राजा विजयध्वज का आदेश मिलते ही, पुजारी ने वह स्वर्ण पट्टिका उस गरीब भक्त के हाथ पर रख दी और जैसे ही रखी तो उसकी चमक और तेज हो गई। सब लोग आश्चर्यचकित हो गए।

राजा विजयध्वज ने उससे कहा, "तुम तो मेरे से भी बड़े भक्त निकले, क्या मैं तुमसे कुछ माँग सकता हूँ?"

"मैं निर्धन व्यक्ति एक राजा को भला क्या दे सकता हूँ।" उस तीर्थयात्री ने कहा।

"यह स्वर्ण-पट्टिका मुझे दान दे दो।"

"यह लीजिए, मेरे लिए तो यह मिट्टी के बराबर है।" और उसने वह स्वर्ण-पट्टिका राजा को दे दी और इस बार राजा के हाथ में जाने के बाद उसकी चमक और भी तेज हो गई।

तभी मंदिर में भगवान बालाजी ने प्रकट होकर कहा, "राजन्! हमारा यह भक्त निर्धन है, लेकिन परोपकार में आपसे बढ़कर है और दान में दानवीर कर्ण से भी अधिक दानी।" फिर भक्त की ओर मुखातिब होकर बोले, "भक्त माँगों क्या माँगते हो?"

"प्रभु आपके दर्शन हो गए और भला क्या चाहिए।"

"नहीं कुछ तो माँगों।"

"मेरे देश के लोगों में धर्म पर आस्था बनी रहे।"

"यह तो आपका काम है आप लोगों को धर्म की ओर मोड़ो।"

"परंतु मैं कोई संत या महात्मा तो नहीं, मैं लोगों को धर्म का पाठ कैसे पढ़ा सकता हूँ?"

"राजा होकर तो लोगों को धर्म का पाठ पढ़ा सकते हो ना।"

"मैं राजा होकर भला क्या करूँगा?"

"यह आपके वश में कहाँ है भला, आपके भाग्य में राजा होना लिखा है।"

इतना सुनते ही वहाँ उपस्थित राजा विजयध्वज डर गया, "तो मेरा क्या होगा प्रभु?"

"तुम घबराओ नहीं, यह अगले किसी जन्म में राजा होगा और देश में धर्म एवं संस्कृति की स्थापना करेगा। अधर्मी विदेशी आक्रांताओं से देश की रक्षा करेगा और आपके कुल से ही संबद्ध रहेगा।" फिर भगवान ने विजयध्वज से आगे कहा, "और जिस राज्य को यह गौरवान्वित करेगा, उसकी आधारशिला आप शीघ्र ही रखेंगे।"

"प्रभु तो उस जन्म में इनका नाम क्या होगा?" राजा ने पूछा।

"कृष्णदेवराय," फिर बोले, "और उस जन्म में यह हमारा ऋण भी चुका देगा।"

"आपका कैसा ऋण प्रभु?" उस निर्धन व्यक्ति ने पूछा।

"अरे भूल गए, हमने आपको स्वर्ण-पट्टिका दी और आपने वह दान कर दी। क्या इसे हमारा ऋण नहीं समझोगे?"

"अच्छी बात है प्रभु।"

....

समय गुजरता गया, युग बदल गया और उस भक्त और राजा को भी मरे न जाने कितने दिन या साल बीत गए, इसका कोई रिकार्ड नहीं। पर उस भक्त का पुनर्जन्म हो गया था और अब उसका नाम था कृष्णा।

कालांतर में एक दिन की बात है।

"कृष्णा ऽ...ऽ...ऽ...कृष्णा ऽ...ऽ...ऽ...कृष्णा ऽ...ऽ...ऽ..."

"एंटीदी तेनाली..." कहते हुए जैसे ही कृष्णा ने अपनी गर्दन घुमाई

तो एक तीर सर ऽ...ऽ...ऽ..सर ऽ...ऽ...ऽ...करता हुआ उनकी गर्दन के पास से निकल गया।

"यदि तेनाली हमें न पुकारता तो यह तीर निश्चित रूप से हमारी गर्दन को छेदकर हमें आज ही परलोक गमन करा देता?" कृष्णा ने सोचा और फिर क्रोध से बड़बड़ाए, "लेकिन यह तीर हम पर छोड़ा किसने? किसने दिखाया इतना दुःसाहस!" जिस दिशा से तीर आया था, वह उस ओर बढ़ चले। जब तक तेनाली भी उनके निकट आ गया था, "तुम ठीक तो हो न मेरे मित्र?" तेनाली की आँखों से आँसू टपक रहे थे। भय के कारण उनके हृदय की भी धकधकी बँध रही थी।

"मैं तो ठीक हूँ मित्र, लेकिन अचानक ही हमारा कौन शत्रु पैदा हो गया है, जिसने हमें मारने की चेष्टा की?"

"आपकी योग्यता ही आपका सबसे बड़ा शत्रु बन गया है मित्र!" उन्होंने वहाँ अच्छी तरह से शत्रु की खोजबीन की, लेकिन इस वन में कोई भी मानव नहीं दिखाई पड़ा, "यहाँ तो कोई भी नहीं है," कृष्णा ने पूछा, "हमें मारने की चेष्टा कौन कर सकता है तेनाली?"

"पता नहीं!"

"पता नहीं, फिर आपने हमें सावधान कैसे किया?"

"हमने आपको सावधान नहीं किया था, हम तो आपकी बहुत देर से खोज कर रहे थे। अचानक ही आप दिख पड़े तो भावनात्मक रूप से आपको पुकार लिया। हमें नहीं पता था कि कोई आप पर निशाना साध रहा है।"

"ओह! यह बात है!" दोनों तुंगभद्रा की ओर बढ़ चले।

....

"कापाडण्डी...कापाडण्डी...कोई तो बचाओ मेरे लाड़ले को? मेरे घर के दीपक को? हाय मैं तो लुट गई..."

तुंगभद्रा के तट पर पहुँचे ही थे कि एक अधेड़ महिला का वहाँ बिलखना उनसे देखा न गया, एक किशोर नदी के भँवर में फँसा चक्री की तरह गोल-गोल घूम रहा था। महिला कृष्णा के चरणों में गिर पड़ी थी, "राजकुमार मेरे पुत्र को बचा लो!" कहते हुए वह मूर्च्छित हो गई।

कृष्णा झट से तुंगभद्रा में कूद पड़ने के लिए छलांग लगाने दौड़े, तो तेनाली ने उसकी बाँह पकड़ ली, "एक राजकुमार का किसी साधारण आदमी के लिए अपने प्राण संकट में डालना उचित नहीं है मित्र।"

"मुझे जाने दो मित्र," बाँह छुड़ाते हुए कृष्णा ने कहा, "राजा या राजकुमार का पहला कर्तव्य अपनी प्रजा की रक्षा करना ही होता है?"

"लेकिन नदी के भँवर में घूम रहे किसी को भी बचाने की चेष्टा ऐसी ही है, जैसा यम के हाथों से किसी मृत के प्राण छुड़ाने की चेष्टा करना।"

"यम के हाथों से प्राण छुड़ाने के भी उदाहरण हैं यहाँ तो..." कहते हुए तेनाली को धक्का देकर कृष्णा नदी में कूद पड़े।

"अर्थात्!"

"सती सावित्री...!" नदी में संघर्ष करते हुए भी कृष्णा ने प्रश्न का उत्तर दिया था।

भँवर में एक बार तो कृष्णा चक्र की तरह घूम गए थे, लेकिन अपने इस किशोरवय में शत्रुओं के चक्रव्यूह को न जाने कितनी बार भेदा होगा उसने फिर उसके लिए तुंगभद्रा का भँवर अर्थ ही क्या रखता था। तुंगभद्रा तो उसकी पेद्दा अम्मा थी, उसी की आँचल के अमृत में तो गोते लगा-लगाकर उसने अपना बचपन बिताया था। लहरों से खेलना और भँवरों को मुँह चिढ़ाना उसे अच्छी तरह आता था।

अंततः हल्के-फुल्के संघर्ष के बाद वह उसे बाहर निकाल ही लाया, लेकिन जब तक उस किशोर की माँ मूर्च्छित हो चुकी थी। कृष्णा ने उस किशोर को उल्टा लिटाया और उसके अंदर गए हुए पानी को निकाला। थोड़ी ही देर में उसे होश आ गया, लेकिन जैसे ही उसने कृष्णा के चेहरे को देखा तो उसके होश दोबारा उड़ गए और वह गर्मी के मौसम में भी इस तरह काँपने लगा, जिस तरह कोई सर्दी के मौसम में गंगोत्री में डुबकी लगाकर काँपने को विवश हो जाता है, "क्षमिचण्डी...क्षमिचण्डी..."

"डरो मत युवक!" कृष्णा ने कहा, "क्या बात है मित्र!"

"आपने हमें मित्र कहा?"

"क्यों क्या हम आपके मित्र नहीं हो सकते!" कृष्णा ने बचाए गए युवक से पूछा।

"मुझ राजद्रोही को मित्र मत कहो राजकुमार," उस युवक का काँपना अभी भी जारी था, "मैं तो आपके..."

"अर्थात्...क्या तीर आपने चलाया था।" आँखों में शोले तो उतर आए थे, उनका हाथ तलवार की मूठ पर चला गया था।

"क्षमा तो वीरों का आभूषण होता है राजकुमार!" उस युवक की माता को होश आ चुका था, वह भी युवक के चरणों में गिर पड़ी, "मेरे पुत्र को प्राणदान दो राजकुमार! यह नादान नहीं जानता था कि यह क्या करने जा रहा है।"

"लेकिन इसे इसकी करनी का दण्ड तो मिलना ही चाहिए।"

"यह मेरा इकलौता पुत्र है, राजकुमार मेरी बुढ़ापे की लाठी।"

"ठीक है हम इसको अभयदान देते हैं," कृष्णा ने फिर कुछ रुककर कहा, "लेकिन इसे जीवनभर हमारे साथ रहना होगा, जिस सावधानी से इसने हमारे प्राण लेने की चेष्टा की थी, अब इसको उसी सावधानी के साथ आजीवन हमारी सेवा करनी होगी।"

"आप राजकुमार नहीं साक्षात् ईश्वर हैं : श्रीकृष्णा....।" औरत की आँखों से अब भी आँसू टपक रहे थे, लेकिन इस बार के आँसू खुशी के आँसू थे।

....

आसमान में तारे टिमटिमा रहे थे। चंद्रमा अपनी पूरी आभा के साथ प्रकाश बिखेरकर इतरा था। मंद-मंद बड़ी ही सुहानी हवा चल रही थी। फिर भला ऐसे में कौन निद्रा देवी की गोद में विश्राम करने से वंचित रह सकता था, परंतु विजयनगर के राजमहल के हर कक्ष में गौघृत के असंख्य दीपक जल रहे थे, जो इस बात के द्योतक थे कि अभी तक महाराजा सोने के लिए अपने कक्ष में नहीं गए हैं। यदि वह अपने कक्ष में नहीं तो फिर कहाँ थे? हाँ वह थे अपने सौतेले कनिष्ठ भ्राता के कक्ष में जो अभी तक जाग रहा था।

"भ्राता! इतनी देर रात्रि तक जाग रहे हो, नींद नहीं आ रही है क्या?"

"भ्राताश्री, जब सारा भारतवर्ष सोया हुआ पड़ा हो तो मुझे भला कैसे

नींद आ सकती है?''

''भाई, तुम्हारी बातों का अर्थ मैं समझा नहीं!''

''राष्ट्र पराधीनता की शृंखला में जकड़ता हुआ जा रहा है और भारतवासी गहरी निद्रा में सो रहे हैं!''

''हाँ! यह बात तो है,'' महाराजा तुल्व नरसिंह ने अपने कनिष्ठ भ्राता से कहा, ''परंतु भ्राता मैं वर्तमान क्षण की बात कर रहा हूँ, बहुत रात्रि बीत चुकी अब तुम्हें सो जाना चाहिए, क्योंकि शीघ्र सोने और सुबह शीघ्र उठने से बल, विद्या और बुद्धि की प्राप्ति होती है।''

''आपकी बात ठीक है महाराज, लेकिन नींद ही नहीं आ रही। कश्मीर से कन्याकुमारी और अटक से कटक तक जब टुकड़ों-टुकड़ों में विभाजित अपने भारतवर्ष के बारे में सोचता हूँ, तो तब आत्मा सिहर उठती है, क्योंकि हमारी आपसी फूट का लाभ उठाकर विदेशी आक्रांता जब चाहे, जहाँ चाहे भारत माता के अंगों पर इस तरह झपट पड़ते हैं, जिस तरह श्राद्ध के भोजन पर काक झपट पड़ते हैं।''

''हाँ, बात तो सही है भ्राता!'' लंबी आह भरते हुए फिर महाराजा ने कहा, ''इस बात पर दिन में चिंतन करना, अब सो जाओ।''

''सो कैसे जाऊँ ज्येष्ठभ्राताश्री, निद्रा तो मेरी आँखों कोसों दूर म्लेच्छ यवनों के कुकर्मों का दृष्टिपात कर रही है। जब छोटा था, तो माँ लोरी सुना दिया करती थी और लोरी सुनते-सुनते नींद आ जाती थी, पता ही नहीं चलता था। परंतु अब तो लोरी सुनने की भी उम्र नहीं।''

''लोरी सुनने की उम्र तो नहीं, परंतु निंदिया लाने के लिए बात अर्थात् कहानी सुनने की उम्र तो है, ना भ्राता!''

''ठीक है ज्येष्ठभ्राताश्री,'' राजकुमार कृष्णदेवराय ने कहा, ''कोई बात ही सुना दीजिए, हो सकता है, उसे सुनते-सुनते यह व्यथित हृदय कुछ सुख का आभास कर निद्रा के आञ्चल में चला जाए, परंतु...''

''परंतु क्या भ्राता।''

''रामायण...महाभारत...ये सब कथाएँ सुन-सुनकर युवा हो गया हूँ, अब कोई ऐसी कथा सुनाना, जो ऐतिहासिक हो और आश्चर्यजनक इतनी कि रामायण और महाभारत की कथाओं से भी अधिक रोचक हो।''

“ठीक है भ्राता, आज मैं आपको ऐसी ही कथा सुनाऊँगा!”

और फिर महाराजधिराज अपने कनिष्ठ भ्राताश्री को कहानी सुनाने लगे, “बहुत पहले की बात है, एक राजा था...।”

“और उसकी सात रानियाँ थी, किसी को संतान नहीं थी।” बीच में बोल पड़ा कृष्णदेव, “ज्येष्ठभ्राताश्री इस तरह की कहानियाँ सुन-सुनकर मेरे कान पहले से ही पक चुके हैं...मुझे तो विजयनगर के विजयगाथाओं के अलावा और कुछ पसंद नहीं, परंतु वे भी सुन-सुन कर बोर हो चुका हूँ, कुछ अद्‌भुत, आश्चर्यजनक और रोचक सुनाओ, लेकिन हो अपने विजयनगर से ही संबद्ध!”

“ठीक है भ्राता!” महाराजा ने कहा, “अपने ही विजयनगर की स्थापना से संबद्ध आज मैं ऐसी कहानी सुनाता हूँ, जिसे तुम्हारा सुनना अत्यावश्यक है। तो सुनो...अनागोंदी के महाराजश्री विजयध्वज अपने शिकारी कुत्ते के साथ घूमने निकले थे। उनका कुत्ता बड़ा ही खूँखार था, यहाँ तक कि कई बार उसने जंगलों में अत्यंत हिंसक जानवरों से टक्कर ली थी, इसलिए महाराजश्री उसे शेरू कहकर पुकारते थे। शेरू शिकार की खोज करता था और महाराज विजयध्वज फिर जंगली जानवर का शिकार करते थे। परंतु एक दिन विजयध्वज के समक्ष बड़ी अद्‌भुत घटना घटी।”

“ऐसी क्या घटना थी महाराजश्री?”

“कुत्ता खोज तो रहा था शेर को, ताकि महाराजश्री उसको अपना शिकार बना सके, लेकिन भयंकर जंगल में उसके समक्ष अचानक ही एक हृष्ट-पुष्ट खरगोश पड़ गया।”

“तो क्या कुत्ते ने शेर की खोज बीच में छोड़ खरगोश को शिकार बनाकर उसका भक्षण करना शुरू कर दिया?”

“नहीं भ्राता, ऐसा ही तो नहीं हो पाया!”

“तो क्या खरगोश किसी झाड़ी में छिप गया था?”

“नहीं झाड़ी में भी नहीं छिपा, कुत्ता जैसे ही उस खरगोश का पीछा करने लगा तो अचानक बड़ी फुर्ती के साथ वह खरगोश पलटा...”

“ओह! तो वह भयभीत हो स्वयं ही कुत्ते का ग्रास बन गया, पर इसमें अद्‌भुत बात क्या है?”

"भ्राता तुम प्रश्न बहुत करते हो? पहले बात तो पूरी सुन लिया करो, बीच में हूँ हाँ...तो ठीक है, पर प्रश्न करना अंत में उचित लगता है!"

"जी ज्येष्ठभ्राताश्री, जैसी आपकी आज्ञा।"

"ठीक है भाई," महाराजश्री ने कहानी आगे सुनानी शुरू की, "खरगोश ग्रास बनने के लिए पीछे नहीं मुड़ा था, बल्कि वह अपने पीछे भागने वाले कुत्ते की ओर पलटा और पलटते ही बड़ी फुर्ती के साथ कुत्ते को इतनी जोर से काटा कि कुकुर की रूह काँप उठी और वह कुत्ता खरगोश से अपनी जान बचाकर चिल्लाकर दुम दबाकर भाग खड़ा हुआ।"

"अद्‌भुत...अति अद्‌भुत..." कृष्णदेवराय ने महाराजश्री से कहा, "तो महाराजश्री विजयध्वज ने ऐसे कायर कुत्ते को अपने धनुष बाण का निशाना बना दिया होगा।"

"नहीं, भ्राता उन्होंने ऐसा नहीं किया।"

"तो क्या खरगोश को पकड़कर उसे कुत्ते की जगह पाल लिया?"

"नहीं...भ्राता उन्होंने ऐसा भी नहीं किया!"

"तो फिर और क्या किया?"

"भ्राता अपने प्रश्नों की झड़ी पर विराम लगाओ, तो मैं आगे बढ़ूँ?"

"क्या करूँ ज्येष्ठभ्राताश्री हर बात को तर्क की कसौटी पर कसना और उसका विश्लेषण करना मुझे अच्छा लगता है।"

"ठीक है, आपकी रुचि अच्छी है, पर कथा सुनने की इच्छा शेष हो तो बात को आगे बढ़ाऊँ?"

"हाँ...हाँ...क्यों नहीं, तो क्या किया महाराजश्री विजयध्वज ने?"

....

इस असाधारण घटना से राजा बहुत परेशान हुआ और वह तुरंत अपने राजमहल में लौट आया। राजमहल में आते ही उन्होंने यह घटना अपने गुरु विद्यारण्य को बताई, "मैंने अपनी आँखों से देखा है गुरुदेव शेरू उस खरगोश के हमले से इस तरह दुम दबाकर भाग गया, जैसे शेर के आगे से हिरण या गीदड़ भागने की कोशिश करता है।"

"महाराज, यह घटना तो वास्तव में अद्‌भुत और असाधारण ही है, इसलिए इस घटना को तो ऐतिहासिक तिथि में बदला जा सकता है!"

"अर्थात् गुरुदेव!"

"जिस क्षेत्र में जन्मा खरगोश भी सिंह समान हो, निश्चय ही उस भूमि में कुछ विशेष बात अवश्य होगी। हम अभी उस जंगल के दर्शन करना चाहेंगे, क्योंकि किसी शुभ कार्य में हम देरी करना उचित नहीं समझते।"

"जो इच्छा गुरुदेव, मैं अभी आपके लिए रथ तैयार करवाता हूँ।"

और थोड़ी ही देर में राजगुरु एवं महाराज विजयध्वज का रथ सीधी खड़ी पहाड़ियों पर आबाद जंगल की दिशा में दौड़ता हुआ दृष्टिगोचर हो रहा था।

राजपथ पर धूल उड़ती जा रही थी, जिसे देखकर पास आते हुए जंगल में हिरण आदि वन पशुओं के कान खड़े हो गए और वे घोर जंगल की ओर भागने को विवश हो गए।

....

कितना सुंदर वन था वह! आम, पलाश, नीम, देशी कीकर, बड़, बेरी हरड़, आँवला, अमरूद, रामफल एवं सीताफल आदि विभिन्न प्रकार के फल एवं औषधियों के वृक्षों से सुसज्जित था वह वन। मंद-मंद मुस्कुराकर बहती हुई हवा के बीच जब मोर नृत्य करते थे, तो वन की शोभा देखने योग्य होती थी। ऊपर से जब कोयल अपनी मीठी वाणी में कुहकू करके गाती थी, तो सब वन्यजीवों की जैसे गति ही रुक जाती थी और वे सब शांत हो जहाँ के तहाँ ठहर जाते थे। वनों में गौरेया भी बहुत सुंदर गाती थी और उनकी विशेषता यह थी, कि वे सामूहिक गान गाती थी। हाँ कौवें अवश्य सबके गीतों की नकल करने की कोशिश करते थे, लेकिन काँव ...काँव के सिवाय वे और कुछ बोल ही नहीं पाते थे, जिन्हें सुनकर कोयल कू ह हू...कहकर और अपनी चोंच टेढ़ी करके लंबी उड़ान भरने को विवश हो जाती थी।

कोयल की मीठी बोली को भी वन जीव बड़े चाव से सुनते थे। ऐसे सुंदर वन में गुरु स्वामी विद्यारण्य देश के स्वर्णिम भविष्य को खोजने में जुटे हुए थे, "महाराजश्री!" अचानक ही उन्होंने महाराज विजयध्वज को टोका, "हम..."

"आज्ञा गुरुदेव।" राजा विजयध्वज में अपने गुरु स्वामी विद्यारण्य से

कहा, "कोई विशेष बात?"

"हाँ, सम्राट्! बात विशेष ही तो है।"

"क्या यहीं पर खरगोश कुत्ते पर झपटा था?"

"जी महाराज, यही स्थान था।"

"रामायण पढ़ी है महाराज?"

"आपने ही तो पढ़ाई थी गुरुदेव!"

"मेरा शिष्य होकर भी पढ़ाई का आशय नहीं समझे?"

"समझ गया गुरुदेव!"

"क्या समझे महाराज?"

"यही कि पढ़ी तो है, पर उस पर मनन नहीं किया और न ही अनुंसधान किया।"

"हाँ, मेरा यही आशय है।"

"रामायण के पात्रों में सबसे शक्तिशाली कौन था?"

"था तो रावण ही सर्वशक्ति संपन्न, लेकिन संसार के इतिहास में श्रीराम ही एकमात्र ऐसे जननायक हैं, जिन्होंने साँसारिक साधनों से अर्थात कोष व सेना विहीन होते हुए भी अपने बुद्धि और बाहुबल के सहारे वानर जाति से अपना सैन्य बल सुशोभित कर राक्षस जाति सदृश्य प्रबल, संगठित, मायावी एवं समस्त अस्त्र-शस्त्रों से सुसज्जित जाति को नष्ट कर आर्य संस्कृति और सभ्यता की दुंदुभि बजाई।"

"श्रीराम को भगवान विष्णु का अवतार बताते हैं, इसलिए उनके लिए तो कुछ भी असंभव नहीं था, लेकिन रावण तो कोई अवतार नहीं था, उसने सारी शक्तियाँ अपनी तपस्या और साधना के द्वारा ही अर्जित की थी, यह बात अलग है वह विश्व का सबसे शक्तिशाली सम्राट और वेदों का प्रकाण्ड विद्वान होते हुए भी मार्ग से भटक गया था और माता सीता का हरण कर लिया था।"

"हाँ गुरुदेव आप ठीक कहते हैं, लेकिन हमारे यहाँ आने का आशय तो संभवतः कुछ और ही था और हम रामायण की चर्चा में उलझ बैठे।"

"महाराज, रामायण का संबंध उस खरगोश से है, जो आपके राजसी कुत्ते पर झपटा था।"

"क्या?" फिर विजयध्वज ने थोड़ा धीरे से कहा, "ऐसा कैसे हो सकता है, रामायण काल तो लाखों साल पहले था, फिर आज के खरगोश का संबंध रामायण से कैसे हो सकता है?"

"भारतवर्ष में शिष्य ने गुरु की बात पर शंका करनी कब से शुरू कर दी?"

"क्षमा करें गुरुदेव, परंतु मैं आपकी बात समझा नहीं।"

"मेरी बात यह है कि रामायण के पात्रों में सबसे शक्तिशाली तो रावण ही था, यदि विभीषण उसका भेद नहीं खोलता तो राम द्वारा भी उसका वध करना असंभव था।"

"हाँ यह तो ठीक है, घर के भेदी ने ही लंका ढहा दी थी।"

"परंतु उस युग में रावण से भी शक्तिशाली कोई था।"

"कौन गुरुदेव?"

"बाली!"

"सत्य! अद्‌भुत सत्य गुरुदेव, इस पात्र को तो मैं भूल ही गया था, बाली के भय के कारण ही तो रावण ने हरण करने के बावजूद भी माता सीता को छूने तक की हिम्मत नहीं की थी। बाली के विषय में कुछ विस्तार से चर्चा करने की इच्छा प्रबल हो उठी है गुरुदेव!"

"यह तो होना ही था," फिर गुरुदेव ने आगे कहना शुरू किया, "दरअसल रावण अपने युग का इतना शक्तिशाली राजा था कि वह तीनों लोकों पर अधिकार करना चाहता था। एक दिन उसने अपने बेटे मेघनाद को स्वर्ग के राजा इन्द्र से युद्ध करने के लिए भेजा। मेघनाद और देवराज इन्द्र में घमासान युद्ध हुआ। युद्ध में इन्द्र मेघनाद से हार गया।"

"सत्य वचन गुरुदेव, इसीलिए तो मेघनाद को इन्द्रजीत के नाम से भी जाना जाता है।"

"हाँ राजन," गुरु ने फिर आगे की बात कहनी शुरू की, "मेघनाद के इन्द्र को जीत कर लौटने की खुशी में लंका नगर में उत्सव मनाया जा रहा था। सारी नगरी फूलों से सजाई जा रही थी, जगह-जगह शहनाइयाँ बज रही थीं। चारों तरफ राजा रावण की जय-जयकार हो रही थी। अपने महल में बैठा रावण अपनी नगरी में हो रहे उत्सव को देख मन ही मन

बहुत प्रसन्न हो रहा था, क्योंकि अब तीनों लोकों में उससे अधिक पराक्रमी और कोई नहीं था।''

''तीनों लोकों को विजयी करने वाला पराक्रमी तो था ही।''

''यह आवश्यक नहीं, क्योंकि ठीक उसी समय नारद मुनि अपने यान में लंका के ऊपर से गुजर रहे थे। लंका को इस तरह सजा देख उत्सुकतापूर्वक वह भी लंका में पहुँच गए। रावण ने भी नारद का बड़ा स्वागत किया। थोड़ी देर विश्राम करने के बाद नारद ने रावण से इस उत्सव मनाने का कारण पूछा, 'लंकापति यह दीपोत्सव किसलिए, क्या किसी का जन्मोत्सव है?''

''अरे नहीं नारद, यह उत्सव तो इन्द्र को हराने पर मनाया जा रहा है। अब तीनों लोकों में मेरी बराबरी करने वाला कोई नहीं है।'' रावण ने कह दिया था।

''नारद मुनि को यह बात पसंद नहीं आई। कुछ देर सोचने के बाद रावण से बोले, ''हे रावण तुमने किष्किन्धा नरेश बाली के अलावा सभी को जीत लिया है। बाली को हराना तुम्हारे लिए बाएं हाथ का खेल है, तुम उसे भी हरा दो तो तीनों लोकों में सिर्फ तुम्हारा ही अधिकार रहेगा।''

''तो फिर रावण ने क्या कहा,'' महाराज विजयध्वज ने स्वामी विद्यारण्य से पूछा, ''रावण तो तुरन्त ही युद्ध के लिए तैयार हो गया होगा?''

''रावण तो वैसे ही जीत के नशे में डूबा हुआ था, उसे जोश आ गया और वह तुरंत बाली को हराने के लिए अकेला ही तैयार हो गया, क्योंकि उसे लगा कि एक अदना से वानर के लिए तो वह अकेला ही काफी है। नारद जी भी इसी अवसर की प्रतीक्षा कर रहे थे। वह तुरंत रावण को लेकर किष्किन्धा पहुँचे।'' स्वामी विद्यारण्य ने कहा, ''जानते हो किष्किन्धा कहाँ थी?''

''कहाँ थी गुरुदेव?'' विजयध्वज ने पूछ लिया था।

''जहाँ हम खड़े हैं!''

''ओह! इसका मतलब है वर्तमान हम्पी ही रामायण की किष्किंधा है।''

"हाँ सम्राट्, बाली का राज्य तुंगभद्रा के उत्तरी और दक्षिणी दोनों किनारों पर स्थित था और यह क्षेत्र भी उसके राज्य में ही आता था। हम्पी के पास की पहाड़ी ही मातंग पर्वत है, जहाँ शाप के कारण बाली प्रवेश नहीं कर पाता था और सुग्रीव वहाँ निष्कंटक रहता था। आप जानते ही हैं कि हम्पी के मुख्य मंदिर के देवता विरूपाक्ष हैं, जो भगवान शिव का ही एक नाम है। पास ही पम्पा सरोवर के किनारे देवी पम्पा अर्थात पार्वती ने शिव की आराधना कर उन्हें प्राप्त किया था।"

"यह पम्पा कौन थी गुरुदेव?"

"पम्पा ब्रह्मा की मानस पुत्री थी।"

"एक शंका और उठ खड़ी हुई है गुरुदेव!"

"निस्संकोच कहो राजन!"

"अनागोंदी राज्य किसने स्थापित किया था?"

"बाली के पश्चात सुग्रीव और उसके पश्चात युवराज अंगद ने यहाँ शासन किया। अंगद के नाम पर हमारे विजयनगर का आदि नाम अंगदि पड़ा था और बाद में यही नाम बिगड़कर अनागोंदी हो गया।"

"समय के अनुसार खान-पान और भाषा में तो परिवर्तन आता ही रहता है," फिर थोड़ा सहज होकर पूछा, "बाली और रावण के युद्ध का निष्कर्ष क्या निकला था?"

"जिस समय रावण बाली से युद्ध करने पहुँचा, उस समय बाली तीर्थ यात्रा की तैयारी कर रहा था। वह स्नान कर अपनी पूजा कर रहा था। नारद ने दूर से रावण को पूजा करते हुए बाली को दिखाया, 'देखो रावण वह रहा बाली, नदी के तट पर सूर्य को अर्घ्य दे रहा है।'"

"बाली...हा...हा...हा..." रावण बाली को देख हँसा और फिर आगे बढ़ गया। बाली के निकट पहुँचकर उसने अपने बायें हाथ से बाली की पूँछ पकड़ ली...रावण को लगा कि वह बायें हाथ से आसानी से बाली को एक ही झटके में उठा लेगा, पर रावण का अनुमान ग़लत निकला। बाली ने रावण का हाथ कसकर अपनी काँख में जकड़ लिया। कहते हैं कि कई माह तक रावण बन्धनों में जकड़ा रहा।"

"तो क्या रावण बाली से लड़ नहीं पाया?"

''जो इतने दिन बंदी अवस्था में रह लिया हो, वह भला फिर लड़ाई के लिए बाली को कैसे ललकार सकता था, लेकिन मुक्त होकर रावण शर्म के मारे एक पल भी वहाँ नहीं रहा और भागकर लंका वापस आ गया।''

....

''गुरुदेव ज्योतिष, प्राचीन इतिहास और यहाँ की जलवायु के अनुसार आप उस असाधारण घटना को लेकर किस निष्कर्ष पर पहुँचे हैं?'' विजयध्वज ने स्वामी विद्यारण्य से पूछ लिया था।

''राजन्!'' विद्यारण्य ने कहा, ''मैं इस निष्कर्ष पर पहुँचा हूँ कि एक शक्तिशाली साम्राज्य के लिए यह स्थान उपयुक्त है।''

''तो क्या हमें अपनी राजधानी बदल देनी चाहिए और नयी राजधानी का निर्माण करना चाहिए।''

''करना तो ऐसा ही चाहिए, लेकिन राजा आप हैं इसलिए सर्वोच्च निर्णय तो आपको ही लेना है।''

''गुरुदेव मैं भले ही राजा हूँ, लेकिन आपके विचार-विमर्श और आज्ञा के बिना तो मैं कोई भी निर्णय नहीं लेता, फिर आपने ऐसा क्यों कहा?''

''इसलिए कि नई राजधानी का निर्माण करना कोई आसान कार्य नहीं होता, उसके लिए भारी-भरकम बजट और कई अन्य योजनाएँ भी बनानी पड़ती हैं।''

''सत्य वचन...गुरुदेव सत्य वचन...अपकी इच्छानुसार हम इसी स्थल पर अपनी नई राजधानी का निर्माण करेंगे। इन अत्यंत सीधी पहाड़ियों के बीच में ही जंगल की सफाई कराके हम नया नगर बसाएँगे।'' फिर गुरु से पूछ ही लिया था, ''मगर यह नगर कितना बड़ा होना चाहिए गुरुदेव?''

''कम-से-कम साठ योजन का घेरा तो होना ही चाहिए और इस भावी नगरी में सात परकोटे तो होने ही चाहिए। सात की संख्या शुभ है और सात परकोटे अर्थात् शत्रुओं के लिए सात रूकावटें होने से नगरी अजेय बन सकती है।''

''अर्थात्!''

''अर्थात् क्या?'' गुरुदेव ने कहा, ''यह क्षेत्र तीन ओर दुर्गम पहाड़ियों और चौथी ओर तुंगभद्रा नदी से घिरा हुआ है, इसलिए इस क्षेत्र की सुरक्षा

प्रकृति ने भी बना रखी है। नगर के चारों ओर एक के भीतर एक सात परकोटे होने चाहिए। प्रत्येक विभाग में एक से बढ़कर एक भव्य और शोभनीय मंदिर, भवन, प्रासाद और जलाशय बनाए जाने चाहिए। सभा भवनों, मंदिरों तथा राजप्रसादों पर बड़े-बड़े स्वर्णकलश मण्डित केसरिया ध्वज फहरते रहने चाहिए। अधिकृत राष्ट्रीय ध्वज केसरिया ही होना चाहिए और उस पर सूर्य एवं चंद्रमा का चिन्ह होने चाहिए।''

''गुरुदेव, कुलदेवता का मंदिर तो सबसे भव्य बनना चाहिए या फिर सभी मंदिर कला और शिल्प में एक समान ही होने चाहिए?''

''राजन्, श्री नृसिंह कुल देवता हैं। उनका मंदिर तो निश्चय ही सबसे भव्य और विशाल बनना चाहिए। आपके पूर्वजों ने कुलदेवता का चुनाव बड़े ही सोच-विचार कर किया था, इसलिए उन्हें विशेष महत्व तो देना ही होगा।''

''सोच-विचार कर चुनाव...''

''हाँ...सोच-विचार कर चुनाव किया गया था भगवान नृसिंह का।''

''मगर क्यों?''

''आप तो जानते ही हैं कि म्लेच्छों ने देश पर कहर बरपा रखा है, ये मानवों की शक्लों में राक्षसों से भी भयंकर दैत्य हैं। इसलिए नृसिंह का देवता के नाते चुनाव बड़ी सूझ-बूझ से ही किया गया था, शत्रु के लिए सिंह के समान निर्दयी और अनिवार्य पराक्रम वाला व वीभत्स और भयंकर परंतु जिसका अंतःकरण मानवता का है। सज्जनों की रक्षा और आततायियों का क्रूरतापूर्ण विनाश, यही नृसिंह का मंतव्य है।''

''परंतु गुरुदेव?''

''परंतु क्या...कोई शंका या प्रश्न शेष है क्या?''

''ऐसी भव्य नगरी के निर्माण में तो वर्षों लग जाएँगे।''

''हाँ, वर्षों ही लगेंगे, मैंने जिस वैभवशाली नगरी की मन में कल्पना की है, उसके निर्माण में कम से कम दस वर्ष तो लगेंगे ही, यदि पाँच लाख श्रमिक, दो लाख राजगीर, बावन हजार बढ़ई, बहत्तर हजार लोहार, इक्यावन हजार मिस्त्री, तीन लाख पालेन मजदूरिनें, डेढ़ लाख भिश्ती, तीन लाख गाड़ियाँ, पाँच लाख बैल तथा एक लाख गाड़ीवानों की सहायता से

24 घंटे लगातार कार्य किया जाए।''

''ऐसा ही होगा गुरुदेव, यह सब प्रबंध अति शीघ्र कर लिया जाएगा, लेकिन नगरी इंद्रलोक से भी भव्य होनी चाहिए।''

''इंद्रलोक से भव्य ही होगी!''

''तो फिर इस नगरी का निर्माण अगले वित्त वर्ष में करना ठीक रहेगा क्या, गुरुदेव?''

''राजन! शुभकार्य के लिए समय को पीछे नहीं धकेला जा सकता, राजकोष से कल ही इस भावी निर्माण कार्य के लिए राशि जारी करने का आदेश दें तो अति उत्तम रहेगा।''

''जैसी आपकी आज्ञा गुरुदेव!''

....

वे विजयनगर के निर्माण की कथा सुना रहे थे, ''और इस प्रकार विजयनगर का भावी निर्माण हुआ।'' इतना कहकर महाराजा भुजबल नरसिंह ने राजकुमार कृष्णदेवराय के मस्तक पर हाथ रखते हुए पूछा, ''बन्धु सो गए क्या?''

''मैं कैसे सो सकता हूँ बड़े भाई,'' राजकुमार कृष्णदेवराय ने कहा, ''जो जाति अपने इतिहास को नजर अंदाज कर निद्रा में लीन हो जाती है, वह जाति इस जगत से स्वतः नष्ट हो जाती है।''

''अति उत्तम भ्राता...तुम्हारे विचार अति उत्तम हैं, लेकिन अब थोड़ा विश्राम कर लो, क्योंकि कल तुम्हें विजय अभियान पर भी निकलना है।''

''किस अभियान पर निकलना है हमें महाराज!''

''कलिंग विजय पर,'' महाराज तुल्व ने कहा, ''कलिंग में विद्रोह की चिंगारी भड़क उठी है, हम चाहते हैं, संपूर्ण दक्षिणावर्त एकता के सूत्र में बंध जाए, इसलिए इन सब छोटे-छोटे राज्यों को समाप्त करना एक विशाल साम्राज्य का निर्माण करना ही तुम्हारा ध्येय होना चाहिए।''

''महाराजश्री, एक बात कहूँ।''

''कहो क्या कहना चाहते हो?''

''संसार में युद्ध कभी भी प्रसन्नता प्रदान नहीं करते, युद्ध के बाद निर्धनता, भूखमरी, महामारी, विधवाओं की हाय, चरित्रहीनता आदि

क्लेशों का सामना करना पड़ता है, जिस कलिंग पर आप विजय करने की बात कर रहे हैं, उसी कलिंग पर कभी महान सम्राट अशोक ने भी विजय की थी, लेकिन उसके बाद युद्ध के कुपरिणाम को देखकर उस चण्ड अशोक का हृदय दहल गया था और यह सब लड़ाई-झगड़ा छोड़कर उन्होंने बौद्ध धर्म अपना लिया था।''

''हाँ, भ्राता उन्होंने बौद्ध धर्म अपना लिया था और उसी बौद्ध धर्म का परिणाम है कि भारत को पराधीनता का दंश झेलना पड़ा। पर भारत ही क्यों...अपगान, आर्यान, स्याम आदि कितने ही देशों में जहाँ बौद्धों ने हिन्दुओं का धर्मान्तरण करके उन्हें बौद्ध बनाया, वहाँ उन सबने हथियारों से हाथ जोड़ लिए और इसका परिणाम यह हुआ कि म्लेच्छों ने इन सब देशों पर अपना आधिपत्य कर लिया।''

''तो क्या बौद्ध धर्म अच्छा धर्म नहीं है?''

''यह मैंने कब कहा कि बौद्ध धर्म अच्छा धर्म नहीं है, सत्य अहिंसा के मामले में बौद्ध एक महान धर्म है, लेकिन अति किसी को भी विनाश का ही आमंत्रण देती है। इसमें अहिंसा की अति ने म्लेच्छों का ही हौंसला बढ़ाया है और इसी का परिणाम हम आज भुगत रहे हैं। महात्मा बुद्ध आज होते तो आज के यवनों की करतूतों को देखकर स्वयं अत्याचारी को क्षमा नहीं दण्डित करने की नीति का अनुगमन करते और अपने भक्तों को भी यही सिखाते। खैर छोड़ों ये सब बाते, जब रात गई तो बात गई...अब इनसे लाभ ही क्या...तुम विश्राम कर लो...शुभ रात्रि!''

''शुभ रात्रि महाराजश्री!'' और भ्राता को प्रणाम कर, उनके चरण स्पर्श कर रेशम की शैय्या पर सपनों का लुत्फ उठाने लगा।

....

''प्रणाम माताश्री!'' कृष्णदेवराय ने अपनी माताश्री नांगलदेवी को दण्डवत करते हुए कहा, ''मैं एक आज्ञा लेने आया हूँ।''

''कहो पुत्र क्या कहना चाहते हो?''

''मेरी इच्छा है कि मैं...''

''निस्संकोच कहो पुत्र, राजपुत्रों को हिचकना शोभा नहीं देता।''

''मैं संन्यासी बनना चाहता हूँ।''

"तुम्हें तो कलिंग अभियान पर निकलना था, फिर यह सब...इसका अर्थ यह समझूँ कि मैंने किसी कायर को जन्म देकर अपनी कोख का अपमान किया है?"

"नहीं माताश्री, आपने कायर को नहीं सिंह सपूत को जन्म दिया है।"

"तो फिर संन्यासी बनने की विचारधारा उपजने का कारण," राजमाता ने पूछा, "अंततः तुम संन्यासी क्यों बनना चाहते हो पुत्र?"

"धर्म, सभ्यता और संस्कृति का प्रचार-प्रसार करने के लिए।"

"पुत्र, यह तो बहुत अच्छा कर्म है," राजमाता ने फिर गंभीर होकर प्रश्न किया, "क्या धर्म, सभ्यता और संस्कृति का प्रचार-प्रचार संन्यासी बनकर ही किया जा सकता है?"

"नहीं माताश्री," कृष्णदेवराय ने कहा, "किसी भी कार्य को करने की विधियाँ निश्चित तौर पर विविध हो सकती हैं।"

"आपने ठीक कहा पुत्र!" राजमाता ने कहा, "धर्म, सभ्यता और संस्कृति का प्रचार-प्रसार तो तलवार के बल पर भी किया जा सकता है।"

"यवनों की तरह," कृष्णदेवराय ने कहा, "एक हाथ में तलवार और दूसरे में कुरान लेकर ये यवन भारत के बहुत बड़े भूभाग के अपहरणकर्ता बन गए हैं, लेकिन..."

"लेकिन क्या पुत्र?"

"धर्म और संस्कृति के प्रचार-प्रसार के लिए ऐसी विधि हम भारतीयों को न तो शोभा देती है और न ही मान्य हो सकती है।"

"यह अनार्य विचार कहाँ से मिला पुत्र, आर्य राजपुरुषों को तलवार का धनी तो होना चाहिए, परंतु अपने शील व न्याय से दूसरों को अपनी ओर आकर्षित करना चाहिए।"

"अर्थात्"

"यवन तलवार के बल पर भय दिखाकर लोगों को आर्यधर्म से च्युत कर रहे हैं, लेकिन आप अपनी तलवार की शक्ति से यवनों को रोक कर धर्म का ह्रास होने से बचा सकते हैं और अपनी प्रजा को धर्मनिष्ठ बना सकते हैं। अपनी वीरता एवं न्यायप्रियता ही आपके धर्म का प्रसार है।"

"आपका कहना उचित है माते, लेकिन यह राजा का कर्तव्य है?"

"केवल राजा का ही नहीं, वरन् प्रत्येक देशवासी का अपने राष्ट्र और अपने धर्म अभिवृद्धि करने का है। पुत्र तुम्हें स्मरण रखना है कि कमजोर व्यक्ति यदि विनयशील हो तो उसे दब्बू माना जाता है। वीर राजपुरुष यदि सौम्य और न्यायप्रिय होगा तो प्रजा उसके धर्म का स्वयंमेव अनुसरण करेगी। आप अपना कर्तव्य भूलकर संन्यास-मार्ग को अनुसरण करना चाहते हैं, जो कर्म बिना संन्यासी बने ही सध जाए उसके लिए घर-परिवार त्यागने की आवश्यकता क्या है? क्या शिक्षा के दौरान गुरुदेव वीरभोग्या वसुंधरा वाला पाठ पढ़ाना भूल गए थे?"

"क्षमा करें माताश्री, गुरुदेव तो कुछ नहीं भूले थे। मैं ही भूल गया था। इस पर तो मैंने विचार ही नहीं किया था कि यह भूमि वीरों के भोगने योग्य है।" फिर कुछ रुककर कहा, "आज्ञा दें माताश्री चलता हूँ।"

"ठीक है जाओ पुत्र और तलवार की धार तेज करो। कलिंग में पाप और अत्याचार की बढ़ती आँधी तलवार के बल पर रोक दो और धर्म पथ के अनुगामी बनो।"

"एक प्रश्न मन में उठ रहा है माताश्री!"

"कहो क्या प्रश्न उठ रहा है?"

"क्या पाप-अत्याचार मिटाने के लिए तलवार उठाना आवश्यक है?"

"आज की परिस्थितियों में तो आवश्यक ही है पुत्र!"

"लेकिन युद्ध तो चारों ओर से विनाश के सिवाय और कुछ देता ही नहीं, युद्ध हुआ तो न जाने कितने निर्दोष लोगों को भी काल कवलित होना पड़ेगा।"

"कुछ पाने के लिए कुछ खोना तो पड़ता ही है।"

"लेकिन क्या कोई और रास्ता नहीं?"

"है क्यों नहीं," महारानी की आँखों में अचानक ही रक्त उतर आया था, "या तो संन्यासी बन जाओ, जो आपकी चाहत है या फिर हाथ में चूड़ियाँ पहन लो।"

"बस क्षमा करें माताश्री!" उठकर कृष्णदेवराय शस्त्रशाला की ओर बढ़ चले थे।

....

कलिंग नरेश विजयनगर का सबसे बड़ा शत्रु था। वैसे देखा जाए तो सबसे बड़ा शत्रु कलिंग नरेश भारत वर्ष का ही था, क्योंकि उसने यवनों को अपने राज्य में धर्म प्रचार की खुली छूट दे दी थी और उनके मजहबी स्थलों के निर्माण में राजकीय धन का दुरुपयोग किया जा रहा था। अड़ोस-पड़ोस के हिन्दुओं को सताया जा रहा था, छल, बल या धन द्वारा उनका धर्मान्तरण किया जा रहा था। इसी राष्ट्रविरोधी गतिविधियों को रोकने के लिए विजयनगर को कलिंग नरेश को सबक सिखाने का निर्णय लेना पड़ा। इसके लिए कृष्णदेवराय के नेतृत्व में विशाल सेना ने कलिंग की ओर कूच किया। कृष्णदेवराय के सभी सैनिकों में जोश देखते ही बनता था। गजपति की सेना से लड़ने के लिए विजयनगर के अधिकांश सिपाही अश्वों पर सवार थे, क्योंकि कृष्णदेवराय ने स्वयं निष्कर्ष निकाला था कि हाथियों की अपेक्षा अश्व युद्ध के मैदान में जीत में महत्वपूर्ण साबित हो सकते हैं। सेना आगे बढ़ती जा रही थी। घोड़ों की पीठ पर लोहे की झालरों के शब्द सुन-सुनकर सेना के सिपाहियों के मुख अरुण कपोलों की तरह वीरता ओर जोश से रक्तिम होते जा रहे थे। कृष्णदेवराय की सेना का भयंकर दल उमड़ता कलिंग की ओर बढ़ता चला रहा था। क्षितिज का रंग कव्वे की तरह काला पड़ गया था, घोड़ों की टापों की वजह से उठी धूल से दसों दिशाएं धूलिसात हो गई, सबकुछ धुंधला दृष्टिगोचर होने लगा। सूर्य के धूल से ढक जाने के कारण रात प्रतीत होने लगी।

उसकी सेना में लाखों योद्धा थे। सेना के चलने से जल स्थान मिट्टी के उड़-उड़कर गिरने से कीचड़ में तब्दील हो गए और जहाँ स्थल था, वहाँ वीरों के पदचापों से तथा घोड़ों की टापों के बीच धंसने से थल में पानी निकल आया। सेना की कतार उबड़-खाबड़ भूमि पर मार्ग बनाती हुई आगे बढ़ रही थी।

कृष्णदेवराय अश्वों के अभिनव प्रयोग के कारण हाथियों को भी भूला नहीं था, बल्कि हाथियों की भी एक बड़ी टुकड़ी उसकी सेना की शान बढ़ा रही थी। पथ में उसकी सेना के हाथियों की पीठ पर पड़ी लोहे की झालरों तथा गले में बंधे घंटों का भीषण रव छा रहा था। हाथियों के चिंघाड़ने तथा दौड़ने से भयंकर शब्द उत्पन्न हो रहे थे। घोड़े हिनहिनाकर अपनी

लगाम कड़कने में मस्त थे। उनकी पीठों पर बगल में लटकते हुए चांदी के तरकसों से भी खड़खड़ का स्वर फूट रहा था। कृष्णदेवराय के सभी सैनिकों के पास तलवार भाले तो थे ही, धनुष के साथ अधिक से अधिक संख्या में बाण भी थे। काले सिर वाले जवान हों या सफेद बाल वाले अधेड़ सभी ने अपने-अपने सिरों पर रंग-बिरंगी पगड़ियाँ बांधी हुई थी। श्रेष्ठ भटों से सजी हुई आर्यों की सेना के आगे चारण अपनी विरुदावली गाते हुए चल रहे थे। वे हाथों में केसरिया ध्वज लिए हुए नागों की तरह फुंकारते अपनी तलवारों को झिलमिलाते हुए कलिंग की ओर बढ़ रहे थे।

....

जैसे ही सूर्य की पहली किरण धरती पर पड़ी, दोनों ओर की सेनाओं ने अपने-अपने शंखों की ध्वनि से रणघोष बजा दिया। रणघोष के होते ही सेना एक दूसरे के सैनिकों पर टूट पड़ी। तलवार से तलवार टकराई तो तीरों से तीर और ढाल तो हर प्रकार के अस्त्र-शस्त्रों का प्रहार सहन कर ही रही थीं। कृष्णदेवराय ने अपने अश्व की लगाम मुँह में थाम ली थी और फिर दोनों हाथों में तलवार लेकर शत्रुदल के सैनिकों पर साक्षात् यमराज बन टूट पड़ा। कृष्णदेवराय जिधर भी निकल जाते, उधर मैदान साफ हो जाता। कृष्णदेवराय को दोनों हाथों से तलवार चलाते देखकर कलिंगपति अचानक बड़बड़ाया, ‘‘मेरी सेना तो गाजर मूली की तरह कट रही है। ग्रह हमारे अनुकूल नहीं हैं, ज्योतिषी नजुमी ने ठीक ही कहा था। हार निश्चित है।’’ फिर वह जोर से चिल्लाया, ‘‘जान बचाकर भागो...मेरे सैनिकों, जीवित रहे तो युद्ध तो फिर भी जीत लेंगे।’’

इतना सुनते ही कलिंगपति की सेना में भगदड़ मच गई, लेकिन भागते हुए कलिंगपति को कृष्णदेवराय ने पकड़ लिया और व्यंग्यपूर्वक कहा, ‘‘कहिए यवनों के नए अन्नदाता, आपको क्या सजा दी जाए?’’

‘‘मुझे क्षमा करें, देव,’’ कलिंगपति ने कहा, ‘‘मैं वासनाओं में फँस अपने पूर्वजों के पथ से भटक गया था।’’

‘‘इतनी शीघ्रता से पूर्वजों का पथ स्मरण हो गया!’’

‘‘सुबह का भूला शाम को घर लौट आए तो...क्या उसे क्षमा नहीं किया जा सकता?’’

“क्षमा तो किया जा सकता है, लेकिन यह विश्वास तो हो जाए कि अब घर को कभी छोड़कर भागेगा नहीं।”

“इसके लिए क्या करना चाहिए।”

“कलिंग के युवराज को विजयनगर की सेवा में भेजना पड़ेगा।”

“मुझे स्वीकार है।”

“हम आपको आपका राज्य वापस करते हैं, लेकिन एक शर्त है?”

“देव, क्या शर्त है आपकी?”

“भारतीय सभ्यता और संस्कृति को प्रोत्साहन दोगे और यवनों को अपने राज्य से बाहर निकाल करोगे।”

“मुझे स्वीकार है, देव।”

“हमने आपको अपना जीता हुआ राज्य दिया,” कृष्णदेवराय ने कहा, “और आप हमें इस उदारता का क्या पुरस्कार देंगे।”

“जो आप चाहें, सबकुछ आपका ही तो है।”

“तो हमें उदयगिरि, कोंडाविडु तथा कोंडापल्ली वापस चाहिए, क्योंकि ये तीनों क्षेत्र कभी विजयनगर का अभिन्न अंग रहे हैं।”

“जी।”

“एक बात और!”

“वह भी कहें देव!”

“उदयगिरि से बालकृष्ण की भव्य प्रतिमा को हम अपनी राजधानी ले जाएँगे।”

“जब यह क्षेत्र आपको लौटा ही दिए तो फिर भला बालकृष्ण की मूर्ति पर हमारा क्या अधिकार है देव।”

“होना भी नहीं।”

....

राजकुमार कृष्णदेवराय ने कलिंग के विद्रोहियों को अच्छा सबक सिखा दिया था और वहाँ पर सुख शांति फैल गई थी। राजकुमार के युद्ध में उनके बाल सखा तेनालीराम ने भी दुश्मनों के खूब दाँत खट्टे किए थे। लेकिन वे थोड़े घायल हो गए थे, इसलिए कलिंग के चिकित्सा शिविर में ही रुक गए थे, जबकि राजकुमार ने राजधानी की ओर प्रस्थान कर दिया

था। जब राजकुमार कृष्णदेव राय ने राजधानी में प्रवेश किया तो उनका जोरदार स्वागत किया गया। राजदरबार में उनका खूब गुणगान किया गया और उन्हें हर कोई युद्ध जीतने की खुशी में कुछ न कुछ उपहार भेंट कर रहे थे। महाराजा भी कनिष्ठ भ्राता की विजय के उपलक्ष्य में फूले नहीं समा रहे थे, लेकिन उनके होंठों की मुस्कराहठ पर उस समय क्रोध की लकीरें खींच गई, जब किसी आदमी ने आकर राजकुमार को नीम के पौधे का गमला भेंट किया, "यह क्या हास्यास्पद भेंट है," महाराज भुजबल नरसिंह ने आँखें निकालते हुए कहा, "राजकुमार को विजय के उपलक्ष्य में नीम का गमला भेंट कर यह हास्य किसकी ओर से किया जा रहा है?"

"क्षमा करें महाराज," नीम का गमला भेंट करने वाले उस आदमी ने कहा, "यह भेंट राजकुमार के बाल सखा और परम् मित्र तेनालीराम की ओर से सप्रेम दी जा रही है।"

"तेनालीराम का इतना दुस्साहस!" राजा ने कहा, "एक-दो बार राजकुमार उनके साथ गिल्ली-डण्डा क्या खेल लिया कि उन्होंने गिल्लियाँ बनाने के लिए राजकुमार को नीम का पौधा ही भेंट में दिया।"

दरबार में चारों ओर सन्नाटा पसर गया, कोई कुछ नहीं बोला।

"तेनालीराम को अतिशीघ्र बंदी बना लिया जाए," महाराजा भुजबल नरसिंह ने कहा, "इस दुस्साहस के लिए उसे बंदी अवस्था में ही हमारे सामने उपस्थित किया जाए, राजकुमार का अपमान करने वाले ऐसे दुष्ट को तो मृत्युदण्ड देना भी कम होगा।"

इसी समय तेनालीराम ने भी दरबार में प्रवेश कर लिया था और उन्होंने सुन लिया था कि उनकी ओर से किसी ने राजकुमार को भेंट में नीम का गमला दिया है। उन्होंने मन ही मन में सोचा, "मैंने तो किसी को अपनी ओर से भेंट करने के लिए नियुक्त ही नहीं था, फिर भला यह गमला उस अपरिचित व्यक्ति ने मेरी ओर से भेंट क्यों किया? निश्चय ही दरबार में कुछ षड्यंत्रकारी भी उत्पन्न हो गए हैं, जो नहीं चाहते कि राजकुमार का संसर्ग ज्ञानी और देशभक्तों से रहे।" फिर उन्होंने प्रत्यक्ष में कहा, "मैं उपस्थित हूँ महाराज, मुझे बंदी बनाया जाता है तो कोई भी आपत्ति नहीं है।"

सबका ध्यान तेनालीराम की ओर गया, और देखते-ही-देखते दो रक्षक तेनालीराम के पास खड़े हुए, ''चलिए मान्यवर, महाराज के समक्ष अपना अपराध स्वीकार करिए।''

''जैसी महाराज की आज्ञा!'' कहकर तेनालीराम रक्षकों के साथ-साथ महाराज भुजबल नरसिंह के समक्ष जा उपस्थित हुआ, ''अपराधी उपस्थित है महाराज!''

''तेनालीराम, राजकुमार को ये कड़वे नीम के पौधे भेंट में भिजवाने का क्या अर्थ है तुम्हारा, राजकुमार क्या तुम्हें कड़वे नीम की तरह लगता है।''

तेनालीराम ने तो कोई भेंट राजकुमार के लिए भेजी ही नहीं थी, इसलिए उन्होंने अपना विवेक और धीरज नहीं खोया, कुछ सोचकर बोले, ''महाराज, मैंने ये नीम का यह पेड़ यह सोचकर भिजवाया है, क्योंकि नीम के पेड़ की उम्र कई सौ वर्ष होती है, इसलिए राजकुमार भी कई सौ वर्ष तक जीएँ।''

''क्या कई सौ वर्ष तक जीवित रहना संभव है नादान!''

''क्यों संभव नहीं महाराज,'' तेनालीराम ने उत्तर दिया,''महाभारत काल में भीष्म पितामह क्या चार सौ वर्ष की आयु तक जीवित नहीं रहे!''

''आपका उदाहरण संतुष्ट करने योग्य है,'' राजा ने आगे पूछा, ''लेकिन बरगद आदि भी तो कई सौ वर्षों तक जीवित रहते हैं, फिर नीम का कड़वा पौधा ही क्यों भेंट किया गया?''

''नीम के पेड़ से सौ रोगों का उपचार किया जा सकता है,'' तेनालीराम ने कहा, ''इसलिए मेरी शुभकामना है कि राजकुमार भी जनता के हर दुःख-दर्द हरते रहें। इसकी शीतल ठण्डी छाया में सभी को आराम मिलता है। यही कामना करके मैंने नीम का पौधा दिया है।''

''हर तरह के पौधे से कोई न कोई औषधी तो मिलती ही है और अधिकांश पौधों की छाया शीतल ही होती है, हमें कोई विशेष बात इसमें दृष्टिगोचर नहीं होती ऊपर से कड़वा और!''

''राजन! इसका कड़वापन ही तो इसकी सबसे बड़ी विशेषता है!''

''अर्थात!''

"प्राणदायक होने के साथ-साथ नीम कड़वा होता है, इसी प्रकार देश का भावी राजा भी अपनी प्रजा के लिए पितृसम चिंतित, परंतु विधि-विधान के मामले में इतना ही कठोर होना चाहिए, जितना औषधी गुणों से भरपूर होते हुए भी नीम कड़वा होता है।"

"अति उत्तम...अति उत्तम..." महाराज ने कहा, "तुम जैसे योग्य युवकों को अपना मित्र बनाकर राजकुमार कृष्णदेवराय ने निश्चय ही परिवार की महान परम्परा और संस्कारों का परिचय दिया है।"

और फिर राजकुमार ने आगे बढ़कर अपने मित्र तेनालीराम को हृदय से लगा लिया, "ईश्वर हर जन्म और हर युग में तुम्हें ही हमारा मित्र बनाएं।"

तेनालीराम बस मुस्करा दिया, मुख से कुछ निकला नहीं।

"राजकुमार, को उसकी कलिंग विजय के उपलक्ष्य में सभी ने अपनी-अपनी भेंटों से इस देश का मान बढ़ाया," महाराज तुल्व भुजबल सिंह ने कहा, "कृष्णदेव हम चारों भाइयों में सबसे योग्य है। ज्येष्ठ होने के नाते मेरा राजतिलक किया गया था, लेकिन योग्यता, शूरवीरता, प्रतिभा और जनप्रियता के अनुसार कृष्णदेव ही इस राज्य का वास्तविक उत्तराधिकारी है। इसलिए इस शुभ अवसर पर आज हम कनिष्ठ भ्राताश्री कृष्णदेवराय को विजयनगर का शासक घोषित करते हैं।"

"नहीं...नहीं...भ्राताश्री ऐसा नहीं हो सकता?" कृष्णदेवराय ने कहा, "बड़े भाई के रहते छोटा भाई उनके राजसिंहासन पर भला कैसे बैठ सकता है।"

"कृष्ण, राजसिंहासन के लिए बड़ा होना आवश्यक नहीं बल्कि बड़प्पन होना आवश्यक है। आयु बड़ी होना आवश्यक नहीं बल्कि गुण बड़े होने आवश्यक हैं।"

कृष्णदेवराय महाराज भुजबल नरसिंह का छोटा और सौतेला भाई था, परंतु उसकी योग्यता, वीरता और लोकप्रियता को देखकर उन्होंने स्वयं उसे शासक बना दिया। पर कृष्णदेव जब इसके लिए तैयार नहीं हुआ तो उन्होंने आश्वासन दिया, "कृष्ण मैं तुम्हें छोड़कर जंगलों में तपस्या करने थोड़े ही जा रहा हूँ। मैं तो यहीं तुम्हारे पास ही रहूँगा। पर इस राजपाट

के योग्य मेरे भाई तुम ही हो।''

''जिस देश में भरत जैसे भाई हुए हों, उस देश में बड़े के रहते छोटा भला सिंहासन पर कैसे बैठ सकता है महाराज?''

''ठीक है नहीं बैठ सकता,'' तुल्व भुजबल नरसिंह ने कहा, ''चलो हम साम्राज्य के संरक्षक का पद्‌भार संभालते हैं, लेकिन मेरे भाई राजा का पद्‌भार तो तुम्हें ही संभालना होगा।''

''परंतु...''

''अरंतु...परंतु कुछ नहीं यह हमारी आज्ञा भी है।''

''भ्राताश्री यदि यह आपकी आज्ञा ही है तो हमें आपकी आज्ञा शिरोधार्य है,'' कृष्णदेवराय ने कहा, ''लेकिन मेरे भाई आपके श्रीचरण तो इंद्र के सिंहासन से भी उच्च हैं, इसलिए आप वचन दें कि राज्य के विधि-विधान में इस तरह का परिवर्तन करें कि जिससे किसी भी राजाज्ञा पर संरक्षक का निर्णय अंतिम और मान्य हो और राजन तो मात्र सेवक की भूमिका निभाए।''

''भ्राता, राजा तो होता ही है सेवक, जनता और राष्ट्र दोनों का।''

''महाराजा कृष्णदेवराय की जय...'' बहुत देर बाद तेनालीराम के मुख से यही जयघोष निकला और उसके बाद तो महाराजा कृष्णदेवराय के जयघोष से चारों दिशाएँ गूँज उठी। कुछ ही देर में सारा नगर सजा दिया गया, जैसे दीपावली का पर्व मनाया जा रहा हो। कृष्णदेवराय को संपूर्ण जनता भारत के उद्धारक के रूप में देख रही थी

....

कृष्णदेवराय के राजतिलक समारोह को मनाने के लिए हम्पी के विरूपाक्ष मंदिर के परिसर में दो भव्य भवनों और, एक हजार स्तंभों वाला महारंग मण्डप तथा विशाल ध्वज स्तंभ 'रायगोपुर' का निर्माण किया गया। एक विश्व का सबसे विशाल मंदिर बनवाने के लिए उचित जगह खोजने का कार्य निर्माण मंत्री के सुपुर्द किया गया। मंत्री ने नगर के समीप जंगल के एक टुकड़े को चुना। भावी सम्राट कृष्णदेवराय की सहमति से उसे साफ करने का कार्य शुरू किया गया। साफ होते समय जंगल के बीचों-बीच किसी पुराने मंदिर के खण्डहर मिले। इन खण्डहरों में भगवान

विष्णु की एक आदमकद प्रतिमा मिली। सोने की ठोस प्रतिमा देख मंत्री आदित्येश को लालच आ गया। वहाँ उपस्थित श्रमिकों को उसने कुछ सिक्के देकर उनका मुँह बंद कर दिया,"सबको दस-दस स्वर्ण मुद्राएँ मिलेंगी, लेकिन इस मूर्ति के विषय में किसी से कुछ भी चर्चा नहीं करेंगे। सब अपना मुख बंद रखेंगे।"

"जो आज्ञा मंत्री जी।" उसके एक आदमी ने कहा, तो एक दूसरा बोल पड़ा, "लेकिन धरती में गड़े हुए धन पर तो राजा का अधिकार होता है?"

"राजा धन को दबाकर जाता है क्या? भूमि में गड़े धन पर तो नागरिकों का ही अधिकार होना चाहिए, क्योंकि उसे गाड़ने वाले नागरिक ही होते हैं।" तीसरे श्रमिक का कहना था।

"शांत कोई भी इस विषय में तर्क-वितर्क नहीं करेगा।" मंत्री बोल उठा, "सबके घर शाम को दस-दस स्वर्ण मुद्राएँ पहुँच जाएँगी और इस विषय पर संपूर्ण चर्चाएँ यहीं समाप्त।"

सब शांत हो गए।

आदित्येश चुपके से भगवान विष्णु की मूर्ति को उठवाकर घर ले गया।

श्रमिकों में नागेश नामक एक युवक भी था, जो तेनालीराम का परम् चहेता था, उसने शाम को जंगल से शहर में लौटते ही सारी बातें तेनालीराम को बता दी, "मान्यवर, मूर्ति शुद्ध स्वर्ण की थी और आदमकद से बड़ी ही होगी, छोटी नहीं।"

"लेकिन मंत्री अपने घर क्यों ले गया?"

"लालच, मान्यवर लालच," नागेश ने कहा, "लालच बहुत बुरी बला है, बुद्धि को कुबुद्धि में बदलने में लालच कोई कसर नहीं छोड़ता।"

"बात तो ठीक है नागेश, चलो देखेंगे इस मामले में आगे क्या किया जा सकता है!"

"देखना क्या मान्यवर, उस मूर्ति को तो भावी मंदिर की शोभा ही होना चाहिए, क्योंकि ऐसी मूर्ति संपूर्ण संसार में कहीं नहीं है।"

"ऐसी क्या विशेषता है उस मूर्ति की?"

"ठोस सोने की बनी उस मूर्ति की दोनों आँखें बड़े-बड़े माणिकों (लाल रंग के हीरे के बाद का कीमती रत्न) की बनी हुई हैं और आप जिधर से भी देखें ऐसा लगेगा कि वह आपको स्नेहभरी दृष्टि से देख रही है, आशीर्वाद दे रही है।"

"ठीक है, हम प्रयास करेंगे कि मूर्ति प्राप्त कर ली जाए।"

"प्रयास क्या ले लेनी चाहिए।"

"ऐसा नहीं है नागेश, देश के विधि-विधान और राजा या भावी राजा की आज्ञा से ही ऐसा संभव है।"

"जो भी हो मूर्ति को प्राप्त करने की कार्रवाई शीघ्र करें, नहीं तो आदित्येश उसे गलवाकर सोने की ईंटों में भी बदलवा सकते हैं और फिर कुछ हाथ नहीं लगेगा और हम पर ही मिथ्यारोपण हो जाएगा।"

....

भूमि पूजन होने के बाद मंदिर का निर्माण होने लगा। ऐसे भव्य मंदिर का निर्माण किया गया कि उसके मुकाबले विश्व में कोई दूसरा मंदिर न हो। यह मंदिर दस गज लम्बे और दस गज चौड़े तथा पाँच गज ऊँचें चबूतरे पर बनाया गया। चबूतरा ठोस पीतल का बनाया गया। चबूतरे पर चार ऊँची चौंकियाँ बनाई गई और जो उनमें सबसे ऊँची थी, वह इष्टदेव की मूर्ति की प्राण-प्रतिष्ठा के लिए निश्चित की गई। इष्टदेव की मूर्ति निर्माण के लिए राज्य की ओर से निविदाएँ आमंत्रित की गयी। एक दिन नियत समय पर देश-विदेश के विभिन्न मूर्ति निर्माता राजा के समक्ष उपस्थित थे। हर कोई अपनी-अपनी कला की अपने ही मुख से प्रशंसा कर रहा था, सभा में एक साधु का पदार्पण हुआ, "अलख निरंजन!"

साधु के स्वागत में सब खड़े हो गए।

भावी सम्राट कृष्णदेवराय ने अपने आसन से स्वागत करते हुए कहा, "आइए महात्मन! आपके आने से सभा के वातावरण में पवित्रता की और सुगंध मिश्रित हो गई।"

"राजन्, आप कुछ चिंतित दृष्टिगोचर आ रहे हैं?" साधु ने प्रश्न किया।

"हाँ, चिंता ही तो है महात्मन, हम अपने इष्टदेव की एक अद्‌भुत

प्रतिमा का निर्माण करवाना चाहते हैं, इसीलिए देश-विदेश के शिल्पकार आज यहाँ आमंत्रित किए गए हैं, परंतु यहाँ तो हर कोई एक से बढ़कर एक मूर्ति बनाने का दावा कर रहा है। हमारी समझ में नहीं आता कि हम मूर्ति निर्माण की जिम्मेदारी किसे सौंपे!''

''बस इतनी से बात पर चिंतित हो गए महाराज!''

''क्या यह इतनी सी बात है महात्मन!''

''इसी चिंता का निवारण करने मैं आया हूँ।''

''अर्थात्!''

''रात में भगवान ने सपने में मुझे दर्शन दिए हैं। उन्हीं का संदेश लेकर मैं आपके पास आया हूँ।''

''भगवान का संदेश,'' कृष्णदेवराय ने उत्सुकता से पूछा, ''शीघ्र बताएं महात्मन्!''

साधु ने हाथ में पकड़ा हुआ चिमटा उठाया और कहा, ''महाराज, भगवान ने स्वयं अपनी आदमकद स्वर्ण प्रतिमा मंदिर में भेज दी है।''

''क्या भगवान ने स्वयं अपनी आदमकद स्वर्ण प्रतिमा भेज दी है,'' कृष्णदेवराय ने प्रश्न किया, ''परंतु मंदिर में तो ऐसी प्रतिमा हमने देखी नहीं? ईश्वर ने यदि अपनी प्रतिमा भेजी है, तो वह है कहाँ?''

''वह इस समय निर्माण मंत्री आदित्येश के घर में है। वहाँ से मंगवाकर उसकी प्राण-प्रतिष्ठा करवा दो।''

''भगवान की मूर्ति और निर्माण मंत्री के घर में?''

''और कहाँ होनी चाहिए थी, प्राण-प्रतिष्ठा से पहले निर्माण मंत्री के पास ही तो उसे होना चाहिए।''

सबकी दृष्टि निर्माण मंत्री आदित्येश की ओर गड़ गईं।

जब सबने निर्माण मंत्री की ओर देखा तो सच के समक्ष वह सकपका गया और उसने खड़े होकर हाथ जोड़कर कहा, ''क्षमा करें देवगण, मैं बताने ही वाला था, लेकिन...''

''लेकिन क्या?''

''उससे पहले ही आपने मूर्तिकारों के लिए विज्ञप्ति निकाल दी गई।''

इस दौरान किसी का ध्यान उस महात्मन की ओर तो गया ही नहीं

और वह इस दौरान वहाँ गायब हो गया। महात्मा को अचानक गायब हुए देख कृष्णदेवराय ने कहा, "महात्मन् कहाँ चले गए?" फिर ध्यान से देखा तो तेनालीराम भी गायब था, "और ये तेनालीराम भी कहाँ है, ऐसे अवसर पर तो उनका उपस्थित रहना अनिवार्य था!"

और तभी तेनालीराम अचानक ही प्रकट हो गया।

उसे देखकर सभी हँस पड़े और कृष्णदेवराय बोले, "ओह! अब समझा, वे साधू महाराज कौन थे?"

"कौन थे साधू महाराज?" तेनालीराम ने ऐसे पूछा, जैसे वह सबकुछ मामले से अनभिज्ञ हो।

"आप ही थे," कृष्णदेवराय बोल उठे, "आप अपने कपड़े और जटा तो उतार आए, लेकिन शीघ्रता में कंठी-तिलक उतारना भूल गए," फिर उन्होंने आगे कहा, "अब मूर्ति तेनालीराम की देखरेख में रहेगी, जब तक कि प्राण-प्रतिष्ठा नहीं हो जाती।"

निर्माण मंत्री बेचारा खीझकर रह गया। वह कर ही क्या सकता था। राजा सच जान चुका था। लेकिन जैसे ही प्राण प्रतिष्ठा शब्द उनके मुख से निकला तो उन्हें अचानक ही भगवान वेंकटेश्वर की स्मृति हो आई और एकदम पुनर्जन्म की वे स्मृतियाँ चलचित्र की भाँति दिन में ही स्वप्न की तरह दृष्टिगोचर होती दिखाई देने लगी, जब पूर्वजन्म में उन्होंने बालाजी द्वारा दी गई स्वर्ण पट्टिका दान की की थी। बस फिर क्या था। पूर्वजन्म की स्मृति आते ही विजयनगर के इस प्रसिद्ध राजा कृष्णदेवराय की तिरुपति बालाजी मंदिर पर अटूट आस्था जाग्रत हो गई और वे निराहार रहकर तिरुपति मंदिर के दर्शन के लिए पैदल पहुँचे और फिर बहुत सा सोना-चाँदी, हीरे जवाहरात आदि का दान दिया और इसके बाद तिरुपति के प्रसाद में लड्डू लेकर अपना उपवास खोला और अपने नगर आकर तत्पश्चात् नए मंदिर में मूर्ति का प्राण-प्रतिष्ठा समारोह हुआ। यह मूर्ति श्री भगवान विष्णु की ही थी, जो उनके और हम सबके आराध्य देव हैं गोविन्दा...गोविन्दा...। तिरुपति में राजा कृष्णदेवराय के दान देने की परंपरा आज भी राजा और रंक दोनों वर्गों में प्रचलित है।

इति व्रत कथा समाप्त

महत्वपूर्ण दूरभाष नंबर

❋

Tirumala Tirupati Devasthanams
TTD Administrative Building
K.T. Road
Tirupati 517 501
Andhra Pradesh
India.
helpdesk@tt-devasthanams.org
Phone Numbers for call Centre(24/7)
Phone: +91-877-2233333
Phone: +91-877-2277777
Phone: +91-877-2264252
Phone: +91-877-2231777
Toll Free no.18004254141

Working Hours - Administrative Office
10:00 - 17:00 hrs, Monday to Saturday.
Sunday is a holiday.

TTD Officials Fax Numbers

Public Relations Officer	0877-2264217
BIRRD	0877-2264621
Chief Engineer	0877-2264621
Chief Accounts Officer	0877-2264751
LAW Officer	0877-2264524
Joint Excutive Officer	0877-2263960,3214
Joint Excutive Officer (for Donors)	0877-2270928
Ele (D.E.-I)	0877-2264741

E.O.Chamber	0877-2264166
F.A.&C.A.O.	0877-2264289
General Section	0877-2264741
S.E.ENG.(Ele)	0877-2264742
S.E.ENG.(Civil)	0877-2264742

TTD OFFICIALS PHONE NUMBERS AND E-MAIL IDS

Central Reception Officer, Tml
crotmlttd@tt-devasthanams.org
0877-2263922

Chief Accounts Officer
cao@tirumala.org
0877-2264752,4213

Chief Editor
editor@tirumala.org
0877-2264543(o),4359(enq)

Chief Engineer
chiefengineer@tirumala.org
0877-2264270,4212

Chief Medical Officer
cmo@tirumala.org
0877-2264370,4371

Chief Vigilance&Security
cvso@tirumala.org
0877-2264390

Conservator Forest
cf@tirumala.org
0877-2264518

Devasthanam LAW officer
dlo@tirumala.org
0877-2264317

Dev.Educational Officer
deo@tirumala.org
0877-2264396

Dharma Prachara Parishad
dpp@tirumala.org
0877-2264490,92,93,94

Digital Library
director_svdl@tirumala.org
0877-2264570

Director S.V.Dairy Form
director_dairy@tirumala.org
0877-2264507

EDP Manager (IT Dept)
edpm@tt-devasthanams.org
0877-2264544,4341

Executive Officer
executiveofficer@tirumala.org
0877-2264160(c),4977(o),4393(o)

Financial Advisor
facao@tirumala.org
0877-2264249,4929

Garden Superintendent
supdt_garden@tirumala.org
0877-2263420,4296

JEO Tirupati
jeo_tpt@tirumala.org
0877-2264877(c),4231(o)

Marketing Officer
mo@tirumala.org
0877-2264555

Overseas Temple
overseastemples@tirumala.org
0877-2277718

PA to the Executive Officer
patoeo@tirumala.org
0877-2264545

Public Relations Officer
pro@tirumala.org
0877-2264392

Special Officer (JEO)Tirumala
jeo_tml@tirumala.org
0877-2270928

SVETA Director
director_sveta@tirumala.org
0877-2264529